Exit West
末日迁徙

〔英〕莫欣·哈米德 著　匡咏梅 译

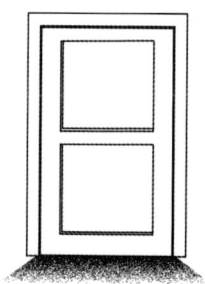

南海出版公司

新经典文化股份有限公司
www.readinglife.com
出 品

给纳维德和纳西姆

一

在一座塞满难民但大多时候仍然平静,或至少尚未公开交战的城市里,一名年轻男子在教室里遇到一名年轻女子,没有跟她说话。很多天了。他叫萨义德,她叫纳迪娅。他蓄胡子,不是络腮胡,只是有意留着胡茬;她永远一身飘逸的黑袍,从脚尖到颈静脉切迹下方裹得严严实实。那个时候,人们多少还能继续享受穿衣打扮的自由,衣服和头发都很得体,当然还在某些限制中,所以这些选择就颇具意味。

城市在地狱边缘摇摆,而年轻人还去上课——上的还是关于企业形象和产品品牌术的夜课——这似乎有些怪异,但事情往往如此,城市和生命一样,这一刻我们还在和往常一样磨洋工,下一刻就要死去,在我们短暂的开场和中途,结局从未停止迫近,直到那一刻降临。

萨义德注意到,纳迪娅的脖子上有颗美人痣,一颗椭圆形的茶色痣,虽然不易被发现,但他偶尔还是会看到它随着她的脉搏跳动。

就在这个小小的发现之后不久,萨义德和纳迪娅第一次说话了。他们的城市还没有经历过大规模战事,只有一些枪击和零星的汽车爆炸,作为次声振动落入人的胸腔,就像音乐会上那些扩音大喇叭发出的声响。萨义德和纳迪娅收拾好书本准备离开教室。

在楼梯上他扭头对她说:"嗨,你想喝杯咖啡吗?"为了不显得那么主动,又考虑到她保守的着装,稍事停顿后他又说,"去自助餐厅?"

纳迪娅直视着他的眼睛。"你不做晚祷吗?"

萨义德像变戏法一样召唤出他最可爱的笑容。"不总是。很遗憾。"

她的表情没有变化。

于是他坚持,如一个注定跌落的攀岩者般越来越绝望地紧紧攀缘着他的笑容:"我想这是私事。每个人都有他自己的方式。或者说……她自己的方式。没有人是完美的。还有,不管怎样——"

她打断他。"我不祷告。"她说。

她依旧沉着地看着他。

接着她说:"改日吧。"

他看着她走出去,走向学生停车的地方。在那儿,她没有如他料想的那样用一块黑布盖住脸,而是扣上一顶原本锁在一辆破旧的100CC越野摩托上的黑色头盔,拉下面罩,跨上坐骑飞驰而去,随着一阵喑哑的隆隆声,渐渐消失在苍茫的暮色中。

第二天上班的时候,萨义德发现自己没法不去想纳迪娅。萨义德的雇主是个代理商,专做室外广告的投放。他们拥有遍布全城的广告牌,还租用其他的,业务空间已经延展到诸如公交线路、体育场馆以及高层建筑的业主那里。

代理公司占据了一栋经过改建的连排房屋,共两层,拥有十多名员工。萨义德是其中资历最浅的一个,老板却喜欢他,给他派了个活儿,为本地一家肥皂商写方案,必须在五点前用邮件发过去。一般说来,萨义德会努力在网上做大量调研,尽可能为客户量身定制方案。"没有听众的故事就不是故事。"他的老板喜欢这么说。对萨义德来说,这就意味着要努力展现出他对客户的企业了如指掌，拥有深入的理解，并且能从对方的角度出发看问题。

然而今天，尽管这个方案很重要——每个方案都很重要：持续的不稳定造成的经济疲软让客户们首先想要削减的成本之一就是户外广告——萨义德还是没法集中精力。一棵未经修剪的疯长大树，从公司小小的后院草坪上拔地而起，挡住了阳光，致使草坪只剩泥土和几根草，点缀着一上午积攒下的烟头，因为老板不允许在室内抽烟。在这棵大树树顶，萨义德看到一只老鹰在做窝。它不知疲倦地干着活儿，有时候会飞到与他视线齐平的位置，在风中几乎静止不动。倏地，随着翅膀的细微振动，或是翅尖羽毛的上翻，它转了方向。

萨义德想着纳迪娅，看着老鹰。

等到把时间耗光了，他才开始匆匆忙忙地准备方案，从过去的工作成果中复制粘贴，所选的图案跟肥皂只有一丁点关系。他压制住心中的忐忑不安，把草案提交给老板。

但老板似乎过于忙碌，并没有注意到，他只是在打印稿上草草写下几处小小的改动，就带着若有所思的微笑把它递还给萨义德，说："发出去吧。"

他话语中的某些东西让萨义德感到抱歉。他本应该干得更好。

正当萨义德的邮件被客户从某个服务器下载并阅读的时候，远在澳大利亚，一个肤色苍白的女人正在悉尼的萨尔山城区独自沉睡。她丈夫在珀斯出差。女人只穿了一件丈夫的长T恤，戴一枚婚戒。她的躯干和左腿上盖着一条比她还要苍白的被单，右腿和右臀裸露着。她的右脚踝上，跟腱的凹陷处，栖息着一只小小的蓝色神鸟文身。

她家里装了警报器，但此时处于关闭状态，那还是以前的房客们装的，他们一度管这地方叫家，那时这片区域所谓的中产阶级化现象还未发展到如今的地步。睡觉的女人只是偶尔用用警报器，基本上是她丈夫不在家的时候，但这个晚上她忘记了。她的卧室窗子离地有四米高，开了一条缝。

床头柜的抽屉里有半包避孕药，最后一次用还是三个月前，当时，她和丈夫依然不想怀孕，此外还有护照、支票本、收据、硬币、钥匙、一副手铐和几条用纸包着的未嚼的口香糖。

盥洗室的门开着。她的房间沐浴在笔记本电脑充电器和无线路由器的微光中，但通往盥洗室的走道却是黑黢黢的，比黑夜还黑，一个全黑的矩形——黑暗之心。从这块黑暗中，一个男子浮现了出来。

他也黑，黑皮肤，黑卷发。他费力地蠕动着，双手紧扣着过道的两边，仿佛正在把自己从地心引力，或是从巨浪的急流中拔出来。他的脖子紧随脑袋出现，肌腱紧绷，紧接着是他的胸部，他的半扣着的汗兮兮的灰棕色衬衫。突然，他停止了用力。他朝四周看了看。他看到了那个睡觉的女人，关着的卧室门，开着的窗户。他重新攒足力气，竭力要进到屋里，但深陷在令人绝望的死寂中——深夜，一个男子在过道的地面上，挣扎着想把自己从扼住他喉咙的双手中解脱出来的那种死寂。然而，并没有手紧扼他的喉咙，他只是不希望被人听到。

随着最后使出的一股劲儿，他进去了，颤巍巍地匍匐在地板上，像一只新生的小马驹。他躺着一动不动，精疲力竭，尽力不喘气。他站了起来。

他的眼睛以一种可怕的方式转动着。是的：可怕。或许没那么可怕。或许它们只是环视着他的身边，目光扫过那个女人，扫过床，扫过房间。他在危险并非罕见的环境里长大，对于肉体的脆弱有着清醒的认识。他知道些微的闪失就能置人于死地：错误的一击，错误的一枪，错误的刀锋一闪，车辆的一个转弯，一次握手带来的微生物，一声咳嗽。他知道：独自一人的时候，你几乎什么都不是。

睡觉的女人独自睡着。他俯视着她，独自站着。卧室门关着。窗户开着。他选择了窗户。他在瞬间穿窗而过，丝绸般平滑地落在了下面的街道上。

当此插曲发生在澳大利亚之际，萨义德刚刚顺路买了晚餐吃的鲜面包，正往家里走去。他是个有主见、有体面工作、受过良好教育的未婚成年男子，如同那个时候他所在的城市里的大多数有主见、有体面工作、受过良好教育的未婚成年男子一样，他和父母住在一起。

萨义德的母亲有一股从前当学校老师时的颐指气使劲儿，他的父亲则透着些微的大学教授的落魄感。他现在依然在职——虽然薪资减少了，因为他已过了法定退休年龄，迫不得已找了客座教师的工作。萨义德的父母在一生中最好的年华里，都选择了这个国家受人尊敬的职业，而这个国家却将在那些受人尊敬的专业人士手中糟糕收场。安全和地位永远只能在截然不同的追求中寻得。萨义德出生得很晚，晚到当医生问他的母亲是否觉得自己怀孕了时，她还以为他开了个无耻的玩笑。

他们住的小公寓过去曾是座漂亮的宅子，装潢华丽，尽管现在墙面已破败不堪。房子可以追溯到殖民时代，一度位于镇上的高档住宅区,现今这片区域变得拥挤不堪,十分商业化。公寓是从一个更大的公寓中切分出来的,包含三个房间:两间小卧室,另有一个小房间,他们用来起居、就餐、娱乐和看电视。这个房间尽管面积也不大,好在有高大的窗子和一个虽然狭窄但尚能派上用场的阳台,可以俯瞰下面的巷子。径直穿过林荫道,还能望见一个干涸的喷泉,它曾在阳光下喷洒出水花。在优雅繁荣的时代里,这类风景姑且算是一种小小的奖赏,但在冲突频发的岁月里却是不合时宜的,因为它正对着射手们朝这个城市发射重机枪子弹和火箭炮的那条路,于是,俯视这片风景就像俯视一支枪杆。地段,地段,地段,房地产经纪人说。地理就是命运,历史学家们呼应道。

战争逐渐摧毁了他们那所建筑的外观,就像战争会加速时间本身一样,一天的死亡人数就超过了过去的十年。

萨义德的父母相识于萨义德和纳迪娅初遇时的年纪。这对老夫妻是爱情婚姻,陌生人间的缔结,并非来自父母之命。在他们那个圈子里,即便不是空前的,也算是够稀罕的。

他们是在电影院的幕间休息时间邂逅的,当时正在放映一部关于一位足智多谋的公主的影片。萨义德的母亲窥见他的父亲在抽烟,神似片中的男主角,不由得怦然心动。当然,这种神似并非完全偶然：尽管有点羞涩，又有很浓的书呆子气，萨义德的父亲还是跟他的大多数朋友一样，会模仿当时的大众电影明星和音乐家的派头。只不过，萨义德父亲的近视眼加上他的气质，赋予他一种非常梦幻的形象。可以理解，正是这一点让萨义德的母亲认为，他不只是有表现出来的那部分，而是有更深的内涵。她决定前行一步。

她和一位朋友站在萨义德的父亲面前，兴高采烈地说着话，并没有去看她念想的对象。他注意到了她。他听她谈话。他鼓起勇气跟她说话。正如他们两个在随后的岁月里津津乐道的那样，他们就那样相遇了。

萨义德的母亲和父亲都是读书人，也是和而不同的辩论对手。在浪漫约会的早年岁月里，人们经常看到他们在书店里幽会。婚后，他们会一起在咖啡馆和餐馆里阅读，消磨掉下午的时光，或者，看天气还不错的话，就在自家阳台上看书。他抽着烟，她说她不抽，不过常常，看他明显忘了弹的烟灰快要断了的时候，她会从他手指中拿过烟，温柔地把烟灰弹到烟灰缸里，再把烟头还给他，动作划过一道优雅而潇洒的长线。

萨义德父母相遇的那个电影院，在他们的儿子遇到纳迪娅的时候早就不在了，就像大多数他们喜欢的书店、挚爱的餐馆和咖啡馆一样。随时间消失的也不仅仅是电影院、书店、餐馆和咖啡馆,这座城市里原有的很多东西几乎都消失了。那家给他们带来温馨记忆的电影院,现在是一家卖电脑和电子产品外围设备的购物商场。这栋建筑还叫着先前电影院在时的名字:两家曾经是同一业主,只是那家电影院太有名了,乃至成了整栋楼的代名词。每当经过这家商场,看着新的霓虹灯招牌上的旧名字,有时是萨义德的父亲,有时是萨义德的母亲,就会想起过去,会心一笑。或者想起过去,短暂驻足。

新婚夜之前,萨义德的父母没有发生过性关系。他们两个之间,萨义德的母亲虽然不太舒服,但仍是渴望,所以天亮前总坚持要多来两次。很多年里,他们的平衡就是这么维持的。总的来说,她在床上比较贪婪。总的来说,他也乐意体贴配合。也许她是因为不曾怀孕——直到二十年后她才怀上了萨义德——于是猜想自己怀不了,才如此放肆地做爱,压根没去想结果,不会为怀孕这种事儿分神。与此同时,对于她的热烈主动,身为男人,他的典型反应是又惊又喜,这贯穿了他们婚姻生活的前半段。她发现他的胡须能刺激她的情欲。他发现她的肉欲让他很兴奋。

萨义德出生后,他父母做爱的频率明显下降了,而且有继续下降的趋势。一个子宫开始下垂，一个勃起难以维持。在这个阶段，萨义德的父亲开始早泄，或者说是自泄，就像初试云雨的人一样，而且越来越频繁。萨义德的母亲有时免不了会想，他做爱是出于真的欲望呢，还是出于习惯或者仅仅是为了亲密。她尽其所能回应他。他最终还是被自己的身体拒绝了，次数至少跟被她的身体拒绝的次数相当。

在他们共同生活的最后一年里，也就是萨义德遇到纳迪娅的时候，他们已经趋于平稳，那年只做了三次爱。一年的次数等于新婚的一夜。好在，他父亲在他母亲的坚持下，还是保留了胡须。他们也从来没有换过床：床头板就像栏杆柱，似乎等着被人抓握。

在萨义德家所谓的起居室里，有一架又黑又亮的望远镜。望远镜是萨义德的祖父送给他父亲的，萨义德的父亲又传给了萨义德，因为萨义德还住在家里，这就意味着这架望远镜始终立在原地。它就放在角落里的三脚架上，上方还有一艘装在玻璃瓶里的造型复杂的快速帆船，航行在由一个三角形置物架所扮演的海面上。

对于观星而言，他们城市的天空污染得实在太厉害了。不过，时不时地，在雨后无云的夜晚，萨义德的父亲还是会搬出望远镜，一家人坐在阳台上边饮绿茶边享受微风，轮流去观星。那些星的星光，往往是早在这三位观测者出生之前就已经发射出来了——星光发自几个世纪前，只是现在才抵达地球。萨义德的父亲称之为时光旅行。

在某个夜晚，实际上就是他为肥皂公司奋力准备方案的那天夜晚，萨义德心不在焉地扫视着地平线的下方。窗户、墙壁和屋顶在他的目镜里显现，有时候定格，有时候则以惊人的速度掠过。

"我想他是在看年轻女士。"萨义德的父亲对他母亲说。

"规矩点儿，萨义德。"他母亲说。

"他可是你儿子。"

"我从来不需要一架望远镜。"

"是的，你喜欢驾驭短距离。"

萨义德摇了摇头，看向上方。

"我看到火星了。"他说。他的确看到了。第二近的行星，特征有些模糊，颜色好似沙尘暴后的一轮夕阳。

萨义德调正并举高了手机，把镜头对准天空，用一款标记星体名称的软件搜寻火星。软件里的火星细节更清楚，尽管如此，它当然只是另一个瞬间的火星，一个属于过去的火星，定格在软件开发者的记忆中。

远处，自动步枪的声音传到了萨义德一家的耳朵里，平板单调的射击声，不太响却很清晰。他们又坐了一小会儿。随后，萨义德的母亲建议他们还是进屋去吧。

接下来的一周，再次上课的时候，萨义德和纳迪娅终于在自助餐厅一起喝了咖啡。萨义德向她询问她那件保守的、几乎遮盖全身的黑袍。

"如果你不祷告，"他压低了声音说，"为什么要穿它呢？"

他们坐在靠窗的两人桌旁，俯视着下面街道上混乱不堪的交通。他们的手机，屏幕关着放在两人中间，就像正在谈判的亡命徒放下的武器。

她笑了。喝了口咖啡。而后开口，脸的下半部分挡在了杯子后。

"这样男人就不会操我了。"她说。

二

纳迪娅小时候最喜欢的科目是艺术,虽然艺术课每周只有一次,而她也不认为自己在艺术方面有什么特别的天分。她上的是那种填鸭式的学校,她因为性格的关系非常不适应,于是花了大量的时间在课本和笔记本的边缘乱涂乱画。为了不让老师看到,她要弓起脊背挡住花饰和微缩的林中世界。如果被逮到,她会挨上一顿训,偶尔后脑勺上还要挨上一巴掌。

纳迪娅童年的家中,艺术等于宗教经文和圣地照片,那些东西都被镶在框子里堆砌在墙上。纳迪娅的母亲和姐姐都是安静的女人,她的父亲也认为安静是一种美德,故而努力想让自己安静下来,却总是动不动就发脾气,还时常把气撒在纳迪娅身上。她关于宗教问题没完没了的询问和与日俱增的不敬让他又沮丧又害怕。纳迪娅的家中没有肢体上的暴力，慈善布施也做得不少，可是大学毕业的时候，当纳迪娅跟家人宣布她要搬出去自己住的时候，她的家人震惊不已，她自己也感到吃惊，因为她并没有打算说出来。作为一名未婚女子，这种决裂引来了各方的狠话，来自她的父亲和母亲，更多来自姐姐，也许最多是来自纳迪娅自己，乃至纳迪娅和她的家人都认为她从今以后就是个没家的人了，他们所有人，一家四口，余生都将悔恨不已。然而，虽说如此，他们谁也没有拿出实际行动来弥补这种决裂，一方面是固执所致，一方面是出于对事已至此的束手无策，还有一方面是因为他们的城市一步步陷入了深渊。当他们意识到时，已经没有机会了。

作为一名独居的单身女子，纳迪娅头一个月里遭遇的麻烦和危险在某些时刻等同于甚至超过了家里人对她的警告。不过，她在保险公司有一份工作，而且她下定决心生存下去，她也的确做到了。她在一个寡妇家的顶楼觅到了一间屋子，自己弄了一台留声机和一些黑胶唱片，拥有了一个由本城的自由人士组成的熟人圈子，还跟一位言行谨慎、没什么偏见的妇科女大夫有了一定的交往。她学会了如何穿衣打扮来保护自己，学会了如何更有效地对付有攻击性的男人和警察，以及有攻击性的男警察。她总是信赖自己的直觉去避开险境或迅速逃离。

然而，有一天下午，坐在保险公司的桌边打电话处理汽车保险的续费事宜时，她收到了萨义德发来的短信，问她是否乐意见面。她的工作姿势依旧是弓着脊背，一如她的学生时代。她也照旧在面前打印纸的边边角角上乱涂乱画。

他们在纳迪娅挑的一家中国餐馆里碰了面，这天晚上没有课。原先经营这家餐馆的人家在二战后来到本城，红红火火干了三代，最近卖掉了餐馆移民到加拿大去了。好在这里的价格依旧公道，菜品的水准也未下降。就餐的区域昏暗得如同鸦片窝一样，跟其他的中国餐馆完全不同，灯具很有特色，看上去像点着蜡烛的纸灯笼，但那灯笼其实是塑料的，里面放的是摇曳不停的火苗状的电灯泡。

纳迪娅先到，她看着萨义德进来，朝她的桌子走过来。跟平常一样，他那明亮的眼睛里透出一股顽皮的神色，不是嘲弄，而是好像看到了事物好玩的一面的那种神色。这神色让她开心，也让她对他充满了好感。她忍住笑意，明白要不了多久他就会笑起来。实际上，还没走到桌子前，他就笑了，他的笑得到了回应。

"我喜欢这儿,"他说,打量着四周的环境,"有点神秘。就好像我们可能在任何地方。嗯,不是任何地方,反正不是这儿。"

"你去过国外吗?"

他摇了摇头。"我想去。"

"我也想。"

"你想去哪儿?"

她打量了他一阵。"古巴。"

"古巴!为什么?"

"不知道。它总是让我想起音乐、漂亮的老宅和大海。"

"听起来不错。"

"你呢?你选哪儿?一个地方。"

"智利。"

"这么说我们都想去拉丁美洲。"

他咧开嘴笑了。"阿塔卡玛沙漠①。空气是那样干燥,那样清冽,人是那样少,几乎没有灯光。你可以躺在地上,仰头看天,看那条银河。群星像天空中泼溅出的牛奶。你会看

---

① 南美洲西海岸中部的沙漠,主体位于智利境内。

到它们在慢慢移动。因为地球在动。你会感觉你是躺在宇宙中一个转动的大球上。"

纳迪娅看着萨义德的面孔。那一瞬间，这副面孔浸染着神奇的气息。尽管留着胡须，他看起来却像个小男孩。这么一个奇怪的男人让她心动。这么一个奇怪的充满魅力的男人。

服务生过来，请他们点菜。纳迪娅和萨义德都没有要软饮料，而是点了茶和水。等他们的菜上来后，两个人都没用筷子，至少在彼此的观察中，他们两个对使用刀叉的技术更加自信。虽然刚开始两人之间有点尴尬，或者说是故作羞涩，但很快两人就能轻松自如地交谈了，类似的情景在初次约会中倒也常见。他们安静地说着话，小心翼翼地不引起其他就餐者的注意。很快，他们就吃完了饭。

接下来，他们面临着本城所有年轻人都要面临的问题，就是在某个钟点过后怎样才能继续待在一起。白天可以待在公园、校园、餐馆和咖啡馆里。但是在晚间，晚餐后，只有随一方回家或者坐进他的车里才是安全的和被允许的，除此之外，可去的地方少之又少。萨义德家倒是有辆汽车，但正在外面维修，所以他骑着小摩托车来了。纳迪娅有个住处，但从各方面来说，让一个男人过去真有点不好办。

她还是决定邀请他去。

当她这么提议的时候，萨义德看起来又是惊讶又是狂喜。

"不会有任何事发生的，"她解释说，"我想事先说清楚。我说你可以来坐坐的时候，并不是说我想让你的手搭在我身上。"

"当然不会。"

萨义德的表情变得很受伤。

好在，纳迪娅点了点头。虽然她的眼神很友好，但她没有笑。

难民占据了这个城市的诸多公共空间，他们在公路的绿化隔离带之间安营扎寨，在房屋的围墙外面搭建披屋，胡乱睡在人行道上和街道的边缘。有些人似乎要努力重塑日常生活的节奏，仿佛一个四口之家住在仅凭几根树枝和若干碎砖撑起的一块塑料布下是件很自然的事。有些人则瞪着这座城市，带着愤怒、惊奇、祈求或羡慕的神情。还有一些人一动不动：或许是不知所措，或许只是在休息。或许正在死去。萨义德和纳迪娅拐弯的时候，不得不万分小心，以免碰到那些横七竖八的胳膊腿。

当纳迪娅小心翼翼地开着摩托车往家去的时候，萨义德开着小摩托紧随其后。她的确有好几次质问自己这么做到底对不对。不过,她并没有改变主意。

一路上有两个检查站,一个由警察控制,一个新设的由士兵控制。警察没怎么为难他们,士兵则把每个人都拦住了。他们让纳迪娅摘下头盔,也许以为她是个化妆成女人的男人,确认没什么问题后,就挥挥手让她过去了。

纳迪娅租住的房间在一栋窄楼的顶层,业主是一位寡妇,儿孙都在国外。这座楼房原先是独栋建筑,但建的时候挨着一个市场,后来市场逐渐扩展,就把此楼给围住了。寡妇留下中层自己住,底层改造成一个商铺,租给了一位主营汽车电池和住宅电力支撑系统的供应商,顶层租给了纳迪娅,后者成功打消了寡妇最初的疑虑,声称自己也是个寡妇,丈夫曾是名年轻的步兵军官,在战争中死了。当然,这只是谎言。

纳迪娅的屋子是一间小工作室,带有一个凹进去的小厨房,洗手间小得不能再小,淋浴时不打湿马桶是不可能的。好在,房间尚有通往屋顶平台的门,从那里可以俯瞰市场,不停电的时候,附近耸立着的零卡路里汽水的巨幅动态霓虹灯招牌会让整个平台沐浴在其柔软摇曳的灯光中。

纳迪娅让萨义德等在不远的地方,巷角的阴暗处,然后打开了铁栅栏门,独自上了顶层。一上楼,她就在床上盖了床被子,把脏衣服塞进壁橱,然后填满了一个小购物袋,停顿了一分钟，把袋子抛出了窗外。

袋子一声闷响落在萨义德身边。他打开后，发现是楼门的备用钥匙，还有她的一件黑袍。他悄悄地把黑袍套在自己的外衣上，用兜帽盖住头，然后人行鼠步，像舞台剧里的窃贼似的慢慢靠近楼门，打开了门锁。一分钟后，他出现在她的房间里，她示意他坐下。

纳迪娅挑了一张唱片，一张早已故去的女人的专辑。那女人一度是某种风格的偶像级人物，在她的家乡美国，那种风格无可非议地被称为灵魂音乐。她那生动如昨，实则已经逝去的声音从过去飘来，仿佛在这实际上只有他们两人的屋子出现了第三个人。纳迪娅问萨义德要不要卷支大麻，他痛快地答应了，还要求自己来卷。

正当纳迪娅和萨义德共享大麻烟的时候，在东京的新宿区，午夜临近又过去，严格来讲，第二天业已来临，一个年轻人正在慢慢啜饮一杯酒。他的威士忌来自爱尔兰，一个他从未去过却颇有好感的地方，也许是因为爱尔兰像四国岛的平行世界，外形上不无相似之处，地理也颇为类似——爱尔兰也是从欧洲大陆的末端伸进海洋的一个大岛；也许是因为他在易受影响的青年时代反复看过一部爱尔兰黑帮片。

这男人穿一套西装，里面是挺括的白衬衫，因此，他胳膊上有没有文身，别人都无从得见。他是个矮壮的人，不过，当他站起来的时候，动作还算灵活。尽管喝了酒，他的眼神却是冷静的、平稳的。那不是一双能吸引他人视线的眼睛。目光遇到他的目光就会闪躲，就好像它们身处于野外的狗群中，其中的等级总是由一些对潜在危险感觉敏锐的目光所确立。

他在酒吧外点燃了一支烟。街道被发光的招牌照得很亮，却相对安静。一对喝醉的白领从他身边经过时，同他保持了一段安全的距离，接着是一名无偿加班的酒吧女招待，迈着迅捷的步子走路，眼睛直盯着人行道。东京上空的云压得很低，把这个城市暗淡的红反射回地面。所幸此刻吹着微风，他的皮肤和头发皆感知得到，那是一种咸咸的感觉，还有一点点清冽。他把烟吞进肺部，再慢慢吐出来。烟随风消散。

听到身后有动静，他很诧异。身后的巷子是个死胡同，他出来的时候空无一人。出于习惯，转身之前，他曾迅速而仔细地查看过。现在那里出现了两个菲律宾姑娘，二十不到的样子，又或许已过二十，正站在他身后那个酒吧废弃的门外。那是一扇向来锁着的门，但这一刻却不知怎的打开了。一道完全黑暗的门，好像里面没有一丝灯光，又好像是里面的光半点儿也渗不到外面来。姑娘们衣着奇特，一身热带风情的清凉打扮，根本不是平时在东京能看到的菲律宾人的装束，更不是这个季节任何其他人的打扮。其中一个姑娘碰倒了一只空啤酒瓶。啤酒瓶滚动着划过一道急促的弧线，发出尖利的噪音。

她们没有看他。他有种感觉，她们是不知道该怎么对待他。经过他身边的时候，她们低声说着话，他听不懂，但能听出来是他加禄语[①]。她们看起来很情绪化：也许是激动，也许是害怕，也许是两者兼而有之——不管怎样，这男人心想，一旦扯到女人就很难说清。她们在他的地盘上。这一周，他已经不止一次看到一群完全不知底细的菲律宾人出现在他的地盘上。他不喜欢菲律宾人。他们有他们的位置，可他们必须知道他们的位置。上初中的时候，他班上有一半是菲律宾男孩，他揍他们揍得颇狠。曾经有一次揍得太狠了，要是有人乐意告发他的话，他准会被开除。

他看着她们走路，思忖着。

随后，他跟上她们，边走边用手指摸着口袋里的金属。

[①]属于南岛语系的马来－波利尼西亚语，主要使用于菲律宾。菲律宾的官方语言菲律宾语即以他加禄语为主体发展而来。

暴力时期，我们的熟人或亲友中总会出现第一个被波及的人。这种事于我们就像一场突发的噩梦，真实得钻心。对纳迪娅来说，这个人是她的侄子，一个相当有决心和智慧的人。从很小的时候起，他就不太爱玩，似乎也不怎么爱笑。在学校里，他赢得过很多奖章，并下决心要当一名医生。后来，他成功移民国外，每年回国探望父母一次。然而，他却跟其他八十五人一起，被一卡车炸弹炸成了碎片。确确实实是碎片，最大的那块，就纳迪娅的侄子而言，是一个脑袋，外加一只胳膊的三分之二。

纳迪娅并未及时得到侄子死亡的消息赶去参加葬礼，也没有去拜访她的亲戚，不是因为薄情寡义，而是不想引起痛苦。她打算独自去墓地看看。萨义德给她打电话，在她的沉默中问她怎么了，她不知为什么就告诉了他。然后他就提出和她一道去，不怎么坚持的坚持，很奇怪，却仿佛变成了某种安慰。于是，第二天一大早，他们就一道去看了那个新鲜泥土堆砌的坟包。坟包被鲜花环绕，花朵之下是她侄子的残肢。萨义德站着祷告。纳迪娅没有祷告，也没有撒玫瑰花瓣，只是跪在坟前，将手在不久前来过的墓地看守留下的一只水罐里浸湿，搭在土堆上，闭着眼睛待了好一会儿。这期间，不时响起大型客机在附近机场起降的声音。

他们在一家咖啡馆吃了早餐，要了咖啡和抹了黄油的面包。然后她说话了，但没有说她的侄子。萨义德的存在似乎很强，在那个不寻常的早晨，在她绝口不谈最重要的事情的情形下，他依旧自在地待在那里。她感觉他们之间的关系已经变了，从某种意义上说，变得非常坚实。吃完早餐，纳迪娅去保险公司上班，一直到午饭前都在处理船舶保险单。她的语调沉着，一副公事公办的口气。她的那些电话客户很少说不恰当的话或者跟她要私人电话。被问到时，她一律不给。

有一段时间纳迪娅常和一位音乐家见面。他们相识于一场地下音乐会，确切地说是一场爵士乐即兴演奏会，五六十个人挤在一个隔音的录音棚里。这样的棚子越来越多地专供电视台制作视听作品——本地的音乐产业由于安全问题和盗版的缘故，真的是勉力维持。那个时候，她跟平素一样，穿着遮到脖颈的黑袍；那个时候，他也跟平素一样，穿着件尺码偏小的紧贴瘦弱胸膛和腹部的白色T恤。她看着他，他抱着她，那晚他们去了他的住处，她带着点困惑但也没怎么大惊小怪地抛弃了自己的童贞之重。

他们很少在电话里说什么，见面也是零零星星，乃至她怀疑他还有别的女人。她不想去问。她欣赏他身体上的自在，他对她放肆的态度，他那漫不经心的触摸节奏，以及他的美，他那动物般的美，还有他给她带来的愉悦。她想，他对她没那么在乎，但在这一点上她错了。音乐家对她甚为迷恋，远非她所想的那样特立独行，只是骄傲、恐惧和行事风格让他不敢超出他的所能对她要求太多。后来他为此斥责自己，但也没有特别自责，尽管从他们最后一次约会直到他死，他都一直在思念她。他们两个都不知道，他的死就发生在短短几个月后。

起初，纳迪娅觉得没有必要说再见，说再见似乎含有一种自以为是的意味，但她又觉得有一丝难过。她知道她需要说再见，不是为他，她说不准他会不会在意，只是为自己。又因为他们彼此之间在电话里交谈甚少，发短信又显得没什么人情味，所以她决定当面去说，找个户外的地方，某个公共空间，不去他那个乱糟糟、充满麝香味的公寓。在那里，她会不那么相信自己。可是，等她说出来的时候，他却邀请她过去。"最后一次吧。"她心里想说"不"，实际上说出口的却是"好"。那次做爱成了一次充满激情的告别，出人意料地舒畅，令她惊奇。

后来的生活里，她有时会想他到底是个什么样的人，她从来未曾得知。

第二天晚上，满天都是直升机，就好像被枪声或斧子劈到树上的震动惊起的飞鸟。它们单个或成对地升起，在火红的黄昏里，在太阳即将落山之际，呈扇形在城市上空展开。旋翼的嗡嗡声穿透窗户，回荡在大街小巷，好像挤压住了下方的空气，仿佛每一架飞机都栖息在一个看不见的柱子上，一个隐形的、透气的圆柱。这些怪异的、盘旋的、移动的雕塑，有的很瘦，顶着一前一后的舱盖，里面的飞行员和枪手坐在不同的高度；有的很胖，满载士兵，劈开天空，行进，行进。

萨义德和他的父母在阳台上看着它们。纳迪娅在她屋顶的平台上独自看着它们。

透过一扇敞开的机门，一个年轻的士兵俯视着这座城市，一座他不甚了解的城市。他在乡下长大，城市之大令他惊叹不已。楼房那么壮丽，公园那么繁茂，周围的喧嚣那么不可思议。他猛地调整方向，腹部随之晃动了一下。

三

那时，纳迪娅和萨义德总是拿着手机。他们的手机里都是触角。这些触角探寻着一个看不见的世界，好像变戏法一样，变出一个围绕着他们的若有若无的世界；这些触角把他们传送到或远或近的地方，传送到从未去过和永远去不了的地方。在这个城市独立后的数十年时间里，电话一直是稀罕物件，装机要等上很长一段时间。安装铜线、运送笨重电话机的队伍就像英雄一样接受致意，受人尊重，被人贿赂。然而现在，魔杖在城市上空挥舞了一下，一切都放开了，自由了。电话有数百万部，花一点点钱，几分钟内就能搞定一个号码。

萨义德在一定程度上拒绝手机的吸引。他发现这些触角过于强大，其唤起的魔力犹如催眠术，就像在吃一道无穷无尽的盛宴，填进去，填进去，直到填得自己头晕目眩，几欲呕吐。因此，除了几个应用程序，其他的被他或删或藏，或限制使用。他的手机能接听电话。他的手机能发送短信。他的手机能拍照识星，开车的时候能帮他把城市转换成地图，这就够了。通常来说，他也就在每晚打开手机浏览器，花一个小时迷失在互联网的枝杈中。但这一个小时也是严格控制的，到点，定时器就会响铃。那温柔的风铃声好似从某个微风吹拂的星球上传来，那是科幻故事里蓝莹莹的女祭司的星球。他会用技术手段锁上浏览器，直到第二天的这个时候再打开它。

然而，这鲜少使用的手机，这被剥夺了众多可能性的手机，却让他更多地接近了纳迪娅的存在。起初，他还有些犹豫，后来就变为常态，白天或夜晚，随时随地，他都能进入她的思想。在她洗浴后擦干自己的时候，在她独自吃着简单晚餐的时候，在她坐在桌前努力工作的时候，在她小便完靠在马桶上的时候。他一度让她欢笑，一而再，再而三，他让她的皮肤发烫、呼吸急促，以令人惊奇的方式唤起了她的欲望。他以不在场的方式在场，她对他也差不多如此。不久，他们之间就建立起了一种节奏。在醒着的时候，彼此之间不联系是非常稀罕的。他们发现，在最初的浪漫日子里，他们变得非常饥渴,渴望彼此之间的联系,但却没有身体上的靠近,没有释放。他们已经彼此渗透了,却还没有亲吻过。

与萨义德不同,纳迪娅觉得,没有必要限制自己的手机。手机是她漫漫长夜里的陪伴,正如手机也陪伴了这个城市里数不清的沦陷在家中的年轻人。她驾驭着手机进入远离现实的世界,夜晚因而不再孤独。她看炸弹落下,看女性健身,看男人做爱,看云聚,看海浪拉扯着沙滩,就像舌头粗粝的舔舐——芸芸众生短暂而渐逝的舌头,一个终将消失的星球的舌头。

纳迪娅常去探索社交媒体领域,尽管不怎么公开自己,很少留下浏览的痕迹。她使用伪装的用户名和头像——她那身黑袍的线上版本。通过社交媒体,纳迪娅订购了萨义德和她初次亲密接触的那个夜晚的神菇[①]。在那个时候,在他们的城市里,神菇可以通过快递送来,然后支付现金。警察和反麻醉剂机构的焦点都在别处,他们更多地关注市场上的主流药物,对于真菌类,他们觉得无论是致幻蕈类还是褐菇都是一样的,无伤大雅,所以也未加怀疑。这一点被一个梳着马尾辫的本地中年男子利用了,他的小生意只是给厨师和美食

---

① 即致幻型毒菌,也称迷幻蘑菇,是一类有致幻作用的大型真菌。

家们提供稀有食材，却在网上备受年轻人的追捧。

几个月后，这个梳马尾辫的男子就身首异处了。砍头用的是一把锯齿形的刀，以增加其受折磨的程度。他那没有脑袋的尸身，一只脚踝被绑住倒挂在一个电塔上。两条弯曲的腿摇晃着，直到行刑者用来捆住他尸身的鞋带（没用绳子）烂掉了，他才落地。在这之前，没有人敢去把他放下来。

不过，即便到了这种时候，这个城市按惯性滑行的虚拟世界还是和大多数人的日常生活形成了鲜明的反差，反差于那些年轻人，尤其是那些年轻女人，以及所有的孩子。孩子们晚上吃不饱饭就上了床，借着小屏幕，却能看到外国土地上的人们在准备和消费食物，甚至在用丰富的食物盛宴来进行食物大战。这样的现实对于他们来说是难以想象的。

线上，有性，有安全感，有丰富的存在，有迷人的魅惑力。街上，纳迪娅的神菇送达的前一天，一名粗壮的男子在一个无人的夜间十字路口的红灯下，扭头冲着纳迪娅打招呼。看到纳迪娅不理她，他就转而开始谩骂，说什么只有妓女才这么开摩托车，她难道不知道一个女人这么叉着腿骑在车上非常淫荡吗，她有没有看到其他人也这么骑，她以为她是谁。他骂得那样狠毒，以至于她都觉得他要袭击她。她站稳脚跟，看着他，面罩拉下，心怦怦跳，好在手仍紧握着离合器和油门，随时准备飞驰而去。凭他那破烂不堪的小摩托,肯定追不上她。他果然追不上,摇晃着脑袋叫嚣着放弃了。那是一种窒息般的尖叫,听起来大抵是愤怒,也可能是痛苦。

神菇是第二天送到纳迪娅办公室的第一件东西,穿制服的快递员并不知道纳迪娅所订购和支付的包裹里面装的是什么,只看到了东西列在食品栏里。与此同时,一群武装分子正在接管本城的证券交易所。那天多半的时间,纳迪娅和她的同事们都盯着他们那层楼饮水机边上的电视,但到了下午,电视就不播了。军方决定,宁可让人质冒风险,也不能置国家安全于风险之中,所以不能容许他们继续利用媒体播放打击士气的画面,并动用重兵夺回了那座大楼。武装分子悉数被歼,初步估计死亡员工不到一百人。

在整个过程中,纳迪娅和萨义德相互发着短信。刚开始,他们觉得要取消原定在那晚的约会,那是萨义德第二次被邀请去她家。但是,出乎很多人的意料,政府并没有颁布宵禁令。当局或许是期望释放这样的信号,即,他们完全有能力控制当前的形势,故无需额外的措施。纳迪娅和萨义德都觉得心里不安,渴望彼此的陪伴,最终决定还是要冒险见上一面。

萨义德家的小汽车已经修好,所以他没有开那辆小摩托,而是开着车出门了。他觉得,在封闭的汽车空间内,总要比开小摩托暴露得少一些。然而,当他穿梭在拥挤不堪的街道上时,他的后视镜却刷到了一辆闪亮的黑色豪华越野车的门。这种车都是某些工商巨子和权贵人物开的,贵得抵得上一栋房。萨义德准备好了挨一顿吼,没准儿是一顿揍。一个保镖从那辆豪车副驾迈出来,背着一支枪口冲天的突击步枪,但他根本无暇搭理萨义德,在被唤进车里之前只是狠狠地瞪了他一眼,然后越野车就扬长而去了。今天晚上,车主显然不愿意在此逗留。

在纳迪娅楼外的街角,萨义德停好了车,发短信说他到了,然后就等着她把塑料袋丢下来,套上里面的黑袍,跟以往一样,迅速进门、上楼。不同于往常的是,这次他随身带了几个袋子,里面装有烤鸡、羊肉,还有新鲜的热面包。纳迪娅从他手里接过这些吃的,把它们放到烤箱里保温——尽管如此上心,他们的晚饭直到天亮时仍搁在那儿,最终吃下去的时候还是凉的。

纳迪娅带萨义德到了室外。在平台的地板上,她已经放好了一个长垫,垫子表面编织得就像一张地毯。她坐在垫子上,背靠栏杆,示意萨义德也坐过来。等他坐下后,他感觉到她的大腿外侧紧紧地挨着他的,她也感觉到他的大腿外侧同样紧紧地挨着她的。

她说:"你不打算脱了它吗?"

她指的是那件黑袍。他已经忘了自己一直穿着它。他低头看了看自己,又看了看她,笑着回答:"你先脱。"

她大笑。"那就一起脱。"

"一起脱。"

他们站起来,扯下袍子,面对着面。袍子底下,两个人都穿着牛仔裤和毛衣。那晚的空气有些刺骨。他的毛衣是棕色的,宽松的;她的毛衣是米黄色的,紧紧贴着她的躯干,就像柔软的第二层皮肤。他试图如骑士一般不去关注她的身体,他的眼睛凝视着她的眼睛,当然了,正如在这样的情景下我们通常所知道的那样,他拿不准自己是否做到了,一个人的注视未必完全是有意识的。

他们重新坐下来。她把拳头放在自己的大腿上,手心朝上,张开手。

"你吃过那种能致幻的蘑菇吗?"她问道。

他们在云层下面悄悄地说着话,间或瞥一眼露出来的月亮,或者月隐后的黑暗,或者城市灰色夜光的涟漪和起伏。

刚开始一切都很正常，萨义德甚至觉得，她是不是在逗他玩儿，还是给人骗了买了假货。过了一会儿，他得出结论，出于生理或心理的某些巧合，他只是不幸对那些蘑菇本应起的作用有抵抗力。

所以，对于发生在他身上的那种奇异感觉，他并没有做好思想准备。伴随着那种感觉，他关注起自己的皮肤，还有纳迪娅阳台上那棵栽在陶盆里的柠檬树。柠檬树跟他的个子差不多高，扎根在陶盆里的泥土中，陶盆放在楼顶平台的砖地上，砖地犹如这栋楼房的山顶。此刻，柠檬树仿佛正从地里长出来，从这座土山不断地向上伸展，姿态是那样美丽，简直让萨义德满心都是爱意。他想起自己的父母，感激之情油然而生，还有一种对平和的向往，那种平和应该抵达他们所有人，每一个人，每一件事，只因我们是如此脆弱，又是如此美妙。倘若他人也有类似体验，人与人之间的冲突一定会得到解决。随后，他看着纳迪娅，看到她也在看着他，她的眼睛就像世界。

他们没有拉手，直到几个小时后萨义德恢复了意识。不是恢复如常，因为他觉得，他可能再也不会以同样的方式去想正常的事情了。他只是回到了那种状态，接近于他们吃致幻蘑菇之前的状态。然后，他们拉手了。他们彼此面对面，坐着,手腕搭在膝盖上,膝盖靠在一起。他倾身向前,她也倾身向前。她微笑着,然后他们亲吻。接着他们意识到天已经亮了,无法藏身在黑暗中,其他屋顶上的人会看到他们。于是他们进了屋,吃了冷饭。吃得不多,只是一点儿,味道很足。

萨义德的手机没电了,他就把它丢在了车里,插在车前储物盒里的一个备用电源上充电。等手机启动后,哔哔声和唧唧声响个不停,传递着他父母的惊恐。他们的未接来电,他们的短信,他们不断累积的恐惧,皆源于一个孩子那晚未能安全回家。那个夜晚,很多父母的很多孩子再也没能回家。

等萨义德到家后,他父亲上了床,在床边镜子里瞥见一个突然间苍老了很多的老人;他母亲看到一心挂念的儿子,长松了口气。有那么一瞬间,她想,她应该给他一巴掌。

纳迪娅不想睡觉,于是就冲了个澡。因为时断时续的煤气供应,热水器出来的水冷冰冰的。她站着,犹如刚出生一样赤裸着身体;然后穿上牛仔裤、T恤衫和毛衣,就像她独自在家时那样;接着套上黑袍,准备好对抗这个世界对人的要求和期望。她出了门,来到附近的公园散步,现在这个时候,公园里应该没有了一大早的瘾君子和同性恋者,那些人在家外面浪荡的时间远多于他们声称的要干差事的时间。

那天晚些时候,傍晚,在纳迪娅的城市,太阳正滑向地平线,而加州的圣地亚哥则是清晨,在拉荷亚①,一位老人住在海边,或者说是住在可以俯瞰太平洋的一块绝壁上。他的房子陈设虽已破旧,却经过了煞费苦心的修补。他的花园也一样:那里是牧豆树、沙漠柳树和多肉植物的家,年景好的时候总能看到它们枝繁叶茂,现在这些植物依然活着,大部分没有罹患枯萎病。

老人在海军服过役,参加过一次较大的战争,因而对军服充满了敬意。此时,他对这些在他家周围挖防御工事的年轻人也充满了敬意,他正和他们的指挥官站在大街上看着他们。他想起自己在他们这个年纪,力气也是一样的大,动作也是一样的灵活,目标也是一样的明确,彼此之间也是一样的友爱。他跟他的朋友过去常说,他们情同手足,在某种意义上说比兄弟还亲,至少比他和自己的兄弟更像兄弟。他的弟弟去年春天罹患喉癌去世了,死之前体重轻得不及一个年

---

① 圣地亚哥市西部太平洋沿岸的海滨地区。

轻姑娘。好几年的时间里,他们没有说过话,当老人去医院看他的时候,他已经说不了话了,只能用眼睛看。他的眼睛里满是疲惫,不过倒没有多少恐惧。勇敢的眼睛,老人此前从未想到,弟弟的脸上长着这样一双勇敢的眼睛。

指挥官没时间跟老人周旋,他把时间都给了同龄人和服役记录。因此,他礼貌地颔首,对他说现在最好还是继续前行。在此之前,他允许老人在附近逗留了一会儿。

老人问指挥官是不是墨西哥人打过来了,还是穆斯林什么的,因为他拿不准。指挥官说他不能回答,先生。于是,老人沉默地站了一会儿,指挥官便由着他站着。当时,车辆被指挥绕路行驶,买了房子没多久的阔邻居们坐在屋前的窗户边瞪眼看着。最后,老人问他能不能帮上什么忙。

突然间,老人觉得自己这么问太像个孩子了。指挥官的年纪足够当他的孙子。

指挥官说他们会让他知道的,先生。

我会让你知道的:这是老人的父亲过去的口头禅,每当他缠人的时候,他就这么跟他说。从某种意义上讲,这个指挥官真的很像他的父亲,像他的父亲而不像老人自己,像老人小时候的父亲。

指挥官提出,如果老人需要,他会安排人顺路送他一程。

说话的口气跟亲人似的，又或许像朋友。

这是个初冬的暖日，空气清冽，阳光灿烂。远处，冲浪者们身着潜水服往深海划去。大海的上空，灰色的运输机正编队飞往科罗纳多①。

老人不知道自己要到哪儿去。他心里琢磨着，意识到自己想不出一个可去的地方。

在进攻了萨义德和纳迪娅所在城市的证券交易所后，武装分子们似乎改变了策略。他们好像愈发自信，不单单是这儿扔一颗炸弹，那儿放一通枪，而是在全城范围内接管和掌控地盘。有时候是一座大楼，有时候是一整片街区，通常是几个小时，偶尔也会持续几天。他们这么多人，究竟是如何从山上的堡垒里如此迅速地下来，至今仍是个谜。但是，城市很大，蔓延伸展，要想切断城乡之间的联系是不可能的。此外，武装分子在城内拥有同情者也是众所周知的事情。

萨义德的父母一直等待的宵禁按时实施了，而且迅速而有力。不仅有沙袋围成的检查站和逐渐增加的铁丝网，还有榴弹炮和步兵战斗军车乃至带炮塔的坦克，炮塔上覆盖着一

---

①圣地亚哥市的海滨小镇。

层如同矩形藤壶一般的爆炸式反应装甲。在宵禁开始的第一个星期五,萨义德和他的父亲出门做了礼拜。萨义德为和平祈祷,他父亲为萨义德祈祷,阿訇在聚礼①上呼吁所有的礼拜者为正义的胜利祈祷,但又小心地未言明到底冲突的哪一方代表着正义。

萨义德的父亲步行回校园,他的儿子开车去上班。走在路上,萨义德的父亲觉得,自己这辈子真是干错了行当。他应该去干点其他的事情,那样,没准儿就能挣到大钱,把萨义德送到国外去了。他也许是太自私了,那种想通过教育和研究来帮助年轻人和国家的想法无非是一种虚荣心的表现,而更为体面的路数,本应是不惜一切代价地去追求财富。

萨义德的母亲在家里做礼拜,最近,她尤其注意不漏掉每一个环节。然而,她固执地认为一切都没有改变,这座城市过去也经历过类似的危机,尽管她说不出是什么时候;她也固执地认为,本地和外国媒体夸大了危险的程度。只是,她变得难以入眠,于是她从她信任的、不会说闲话的一位女药剂师那里拿了一种安眠药,上床之前悄悄地服下去。

萨义德的办公室里,工作进展缓慢。他的三个同事已经

---

① 阿訇为伊斯兰教主持教仪、讲授经典的人;聚礼,或称主麻日聚礼,为穆斯林在每周五即主麻日进行的集体礼拜。

不露面了，剩下的人就得干更多的活儿。谈话主要集中在阴谋论、战事状况以及怎么到国外去——因为签证在此前很长一段时间里就几乎不可能拿到，现在对于穷人来说更是完全不可能了。乘飞机或船舶出门当然也不可能。人们猜测着各种陆上线路的优点或危险，但这些猜测也一次又一次地被否定了。

在纳迪娅的工作地点，情况也大致类似，还有人说她的老板以及她老板的老板已经逃往国外去了。因为他们两人休假结束，没一个人按时回来上班。在这个长方形的大办公室里，他俩的办公室被玻璃区隔出来，占据了一头一尾，里面空空荡荡的——一件丢弃的西服落满了灰，挂在其中的一个衣帽架上——与此同时，在他俩之间那片开放性的办公区域里，一排排的桌子倒是基本上坐满了人，其中就包括纳迪娅。可以看见她经常在桌边打电话。

纳迪娅和萨义德开始在白天约会，通常是午餐时间，在两人工作地点的居中位置找家便宜的汉堡店，店铺后方有简易的隔间座位，多少有点私密性。他们可以在桌子底下拉拉手，有时候，他会摸到她大腿的内侧，有时候，她会把手掌放在他裤子的拉链处。但动作很迅速，也不常有，只是趁侍者和其他用餐者看不到的瞬间。这种见面方式让他们彼此都饱受折磨，因为黄昏和黎明之间禁止出门，所以若他们想待在一起，萨义德就必须一整夜都待在她家。这对于她来说是值得尝试的一步，但对他来说则应该推迟。一方面，他说，因为他不知道怎么跟父母讲；另一方面，他也不放心把他们单独留在家里。

大多时候，他们通过手机联系，一会儿发一条短信，一会儿发一篇文章的链接，彼此分享在办公室或家中拍的照片，或在落日的窗前，或在微风吹拂的窗前，或者来来回回地发好玩的段子。

萨义德确信自己恋爱了。纳迪娅尚不能确定自己的感觉到底是什么，但她确定那感觉很强烈。他们就像本城中其他的那些新恋人一样，发现戏剧性的环境让他们养成了一种创造戏剧性情感的习惯，宵禁又进一步造成了一种类似于异地恋爱的效果。众所周知，异地恋爱会潜在地增强激情，至少是在一段时间内，就像众所周知，斋戒会增强一个人对食物的渴望一样。

宵禁的头两个周末来了又去，他们没有见面。爆发的战事先是波及萨义德家附近，然后是纳迪娅家，所有道路皆无法通行。萨义德给纳迪娅转发了一个流行段子，说武装分子彬彬有礼地期望确保本城的居民都好好地休假了。两边的军队开始空袭。萨义德洗澡的时候,空袭把萨义德家的浴室窗户震得粉碎;纳迪娅在屋顶平台上抽大麻烟的时候,空袭就像地震一样摇动着纳迪娅和她的柠檬树。轰炸机咆哮着掠过天空。

好在第三个周末平静了一点儿。萨义德到纳迪娅家找她,她在附近的咖啡馆见了他。因为大白天扔黑袍到街上太冒险,在街上换上黑袍也太冒险。她结账的时候,他在咖啡馆的洗手间套上黑袍,头盖得严严实实的,眼睛看着地面,尾随她进了她的大楼。上楼后,一进门,他们就急急忙忙溜到床上,几乎是赤裸地贴在一起。尽情亲热一番后,她觉得他拖得颇有些久,就问他是否带了避孕套。他双手捧着她的脸蛋说:"我觉得结婚前我们不应该有性行为。"

她大笑,使劲儿地贴着他。

他摇了摇头。

她停下,盯着他说:"你他妈的不是开玩笑吧?"

有几秒钟,纳迪娅狂怒不已。不过,看到萨义德拼命忍耐的样子,拥抱都有气无力的,她就笑了笑,抱紧他,折磨着他,试探着他,然后,自己都有点吃惊地说:"好吧。咱们走着瞧。"

过后,他们躺在床上,听一张刮刮擦擦的波萨诺伐舞曲①旧唱片。这时,萨义德给她看他手机里的图片,一个法国摄影师拍摄的著名城市的夜晚,只被星光照亮的夜晚。

"可他怎么能让每个人都把灯关上呢?"纳迪娅问道。

"他可办不到,"萨义德说,"他只是去掉了灯光。计算机处理的,我想。"

"他只留下了星星的光亮。"

"不,这些城市的上空很少能看到星星。就像这里一样。他只能去那些没有人类灯火的荒凉的地方。为了拍每个城市的天空,他都要去一个荒凉的地方,同样靠北或靠南,基本上处于同纬度,也就是所拍的城市由于地球自转在几个小时后要路过的地方。一旦他到了那儿,他就从同一角度举起相机。"

"于是他就拍到了那个城市在完全黑暗状态下本应有的天空?"

"同样的天空,但在不同的时间。"

---

① 流行于巴西的一种舞曲,融合了巴西桑巴舞曲和美国爵士乐,在二十世纪五六十年代风靡一时。

纳迪娅想着。它们美得让人心疼。这些幽灵般的城市——纽约、里约、上海、巴黎——各自在其星光的照耀下，那些景色就像来自电力时代之前的某个纪元，却有着这个时代的楼宇。它们看起来到底像是在过去，在现在，还是在未来，她无法断定。

接下来的一周，政府军的武力炫耀似乎取得了成功。城里不再有大的战事，甚至有传言说，宵禁也会放松一些。

然而，有一天，城里的每部手机忽然间都没有信号了。像是有人拨动了一个开关给关上了。政府通过电视和收音机宣布指令。据说是一项临时反恐措施，不知道什么时候结束。网络也被暂停了。

纳迪娅的房间没有固定电话。萨义德家的固定电话也有几个月不通了。人们被剥夺了通过手机与彼此、与世界联系的入口，夜晚的宵禁又把他们堵在家里。纳迪娅和萨义德，以及无数的其他人，都觉得像是陷入了孤岛一般，形单影只，倍感恐惧。

四

伴随着冬天最初几场浓雾的来临,萨义德和纳迪娅一直上的那个夜校彻底停课了。无论如何,宵禁意味着课程连同他们的一切,都没有办法持续下去了。他们两个都没有去过对方的办公室,所以不知道白天去哪儿能找到对方,没有手机,没有网络,就没有办法重建联系。他们就像失去了耳朵功能的蝙蝠,随之失去了在黑暗中飞翔时寻找东西的能力。没有手机信号的第二天,萨义德去了一趟他们常去的那家汉堡店,但纳迪娅没有出现。第三天再去的时候,那家店已被炸得粉碎。店主也许逃过了一劫,也许就这样消失了。

萨义德知道纳迪娅在一家保险公司上班,于是从办公室里给接线员打电话,询问保险公司的名称和号码。他试着挨个拨,挨个问。这颇耗时间:电话公司要应付突然激增的负荷,要修复战事中毁坏的通信设施,所以,萨义德办公室的固定电话在最好的情况下也是时通时断的。通的时候,某个接线员会稀罕地从一堆嘈杂忙乱的声音中跳出来,不顾萨义德绝望的恳求——那些日子不乏绝望的恳求——每次最多只让萨义德打两个号码。等萨义德终于得到一对可以试打的号码,无论哪天打过去,不是一个打不通,就是两个都不通,他不得不拨啊拨,一遍又一遍。

利用午餐的时间,纳迪娅不断往家里囤东西。她买了很多袋面粉、大米和干果,很多瓶油,很多听奶粉,以及腌制的熏肉和熏鱼。所有东西都价格不菲。她的胳膊因为一趟趟地拎东西上楼被抻得酸痛无比。她喜欢吃蔬菜,但人们说,关键是要储存尽可能多的卡路里,像蔬菜这样的食物,一大堆才能提供一点能量,还容易变质,没什么大用。然而,很快,她家附近的商店架子就空了,连菜都没有了。接着,政府又颁布了一项政策,每人每天只能购买限量的东西。纳迪娅跟很多人一样,又是慌乱不堪,又是松了口气。

周末,她天不亮就去银行排队,站在已经排了好长的队伍里,等着银行开门。然而,当银行的门打开时,队伍瞬间就变成一窝蜂,她别无选择,只能跟其他人一起往前挤。在无序的人群中，后面有人摸了她。一只伸出的手，顺着她的屁股，摸到了大腿间，试图用手指抠她。那只手力气惊人，要不是隔着身上的好几层衣服，要不是有黑袍、牛仔裤和内衣的遮挡，在这种状况下，他几乎要得手了。那时候，她正被周围的身体挤压着，没法动弹，甚至没法举起双手，人已经震惊到了不能喊不能说的地步。她只能夹紧大腿，夹紧下巴，嘴巴也自动关闭了，近乎是生理本能，身体也跟着关闭了。然后人群向前，那只手消失了。随后不久，几个蓄着胡子的男子把乱众分成两拨，男女各一拨，她待在了女众区域里，直到中午时分，才轮到她站到了出纳员前。在许可范围内，她取了尽可能多的现金，把钱藏在身上，藏在靴子里，包里只放了一点点；接着去兑换钱的地方，把一些钱换成美元和欧元；然后又去珠宝商那里，换了不多的几个小金币。一路上，她不断往后看，确保没有被人盯梢，到家时，却发现一个男人等在门口，盼望着她的归来。看到他时，她一下子愣住了，强忍着没有叫出声来，尽管她浑身青紫，又害怕，又愤怒。那个男人，等了她一整天的男人，正是萨义德。

她带他上了楼，忘记他们会被人看见，或者根本就不在乎，所以并未因没有给他准备黑袍而担心。上了楼，她给两个人泡了茶。她的手颤抖着，几乎说不出话来。自己见到他竟然这么高兴，她为此感到难为情，感到生气，感到自己随时都有可能冲着他尖叫起来。他看出她情绪低落，于是默默地打开买来的袋子，给了她一个野营用的小煤油炉、一些额外的燃料、一大盒火柴、五十根蜡烛和一包用于净化水的含氯消毒片。

"我找不到买花的地方。"他说。

她终于笑了，一抹很微弱的笑容，然后问道："你有枪吗？"

他们抽了大麻烟卷，听了音乐。过了一会儿，纳迪娅又试图让萨义德和她做爱，不仅仅是因为她非常想要，也是因为她想灼烧掉银行外面的记忆，但萨义德又一次成功地克制了自己，尽管他们彼此都还算愉快。他再一次告诉她，他们结婚前不应该有性行为，这样做有违他的信念。直到他建议她搬过去和他父母以及他一起住，她才明白他话里的意思，他是在向她求婚。

他的头靠在她的胸前，她抚摸着他的头发，问道："你是说你想结婚了？"

"是的。"

"跟我？"

"跟任何人都行。"

她哼了一声。

"是的,"他说,抬起头来,看着她,"跟你。"

她没有说任何话。

"你怎么想?"他问。

在那一刻,她觉得自己心里涌出一股对他的柔情蜜意。但在他等待她回答的时候,她又感到一阵突然而至的恐惧,觉得未来的某些事情会非常复杂,会让她产生类似于怨恨这种感觉。

"不知道。"

他吻了吻她。"好吧。"他说。

他走的时候,她存下了他办公室的地址,他也存了她的,然后她让他套上了一件黑袍。她告诉他,不必再劳驾他把黑袍藏在这栋楼和相邻的楼之间的缝隙中了——先前他离开的时候一直是藏在那里以便她去拿的——现在最好是收着它,然后又给了他一把钥匙。"这样我姐姐下次就能自己进来了,如果她比我先到家的话。"她解释说。

两个人都咧嘴笑了。

可是,当他走了后,她听到远处有大炮破坏性的爆炸声和大楼倒塌的声音——估计什么地方又爆发了大规模冲突——她又很为他开车回家感到担心。她心想，这真是荒诞的形势，她得等到第二天早晨上班后才能知道他是否安全地通过那段距离了。

纳迪娅拴上了门，又费力地拖过沙发顶住了门，这样可以防止别人从外面进来。

那天晚上，在一个距离纳迪娅家不远的街区里，在一栋和纳迪娅家不太一样的顶层公寓里，一个勇敢的男人站在自己的手机电筒照出的光线下等待着。他时不时地能听到纳迪娅听到的那些炮声，不过声音更大。炮声摇动着屋子的窗户，好在幅度并不大，目前来说，爆炸不会带来什么危险。这个勇敢的人没戴手表，没带手电，他那没有信号的手机便同时充当了这两种角色。他身着一件冬日的厚夹克，夹克里面有一支手枪，还有一把齐掌长的锋利的刀子。

另外一个男人从屋子尽头的一扇黑门中逐渐显现。在昏暗中，黑门显得更黑，尽管有手机电筒的光线，还是黑。勇敢的男人站在前门边他的位置上盯着这里的第二个人，却未见采取任何明显的行动帮助他。勇敢的男人仔细听着外面楼梯井里的动静，但那里静悄悄的，并没有什么声音。他站在他那个位置，一只手拿着手机，另一只手摩挲着衣服口袋里的手枪，不出任何声响地观察着。

勇敢的男人有点激动，尽管在黑暗中很难看出这一点，而且他脸上还是惯常的面无表情。他做好了牺牲的准备，但他并没有打算去死。他想活下去，活着做出些惊天动地的大事来。

第二个人躺在地板上，眼睛避开那道光线，攒足了身上的力气。他的身边是一支仿制的俄式冲锋枪。他看不到谁在前门边上，只知道有个人在那里。

勇敢的男人手放在枪上站着，听着，听着。

第二人站起身来。

勇敢的男人用手机的电筒光示意第二个人向前，就像一只下颌长满细牙的琵琶鱼，在墨黑的深海里狩猎。然后，当第二个男人跟近到可以触碰的位置，勇敢的男人打开了屋子的前门。第二个人穿过门进入寂静的楼梯井。随后，勇敢的人关上了门，再一次静静地站着，等候着另一个人的到来。

一小时之内，第二个人就加入了战事，加入了很多打仗的人当中。现在，战事的爆发和展开都缺乏有意义的干涉，比先前的战斗更为剧烈和胶着。

在萨义德和纳迪娅的城市，战争呈现出一种亲密的体验，好战分子们紧密贴在一起，某人上班的路上，某人姐妹上学的地方，某人姑姨好友的家，某人买烟的商店，都是前沿阵地。萨义德的母亲认为，她看到了从前教过的一名学生，射击非常果断，人就趴在一辆敞篷小货车的后面，端着一杆机关枪瞄着。她看着他，他看着她。他没有掉过头来朝她射击，所以她怀疑是他，尽管萨义德的父亲说，她只不过是看到了一个人朝另外一个方向射击而已。她回忆起那个男孩，不爱说话，有点结巴，但数学思维敏捷，是个好男孩，但她记不得他的名字了。她心想，是不是他啊，是不是如惊弓之鸟般的她认错了人啊。她心想，如果那些武装分子赢了，在他们那边认识个人也不是件坏事啊。

附近的街区以令人吃惊的速度接二连三地落入武装分子手中。萨义德的母亲生活了大半辈子的这个地方，此刻在她的心理地图上，就好像一床老旧的被子，政府军占据若干块，武装分子占据若干块，块与块之间破损的接缝处就是最危险的区域，想方设法也要避开。她买肉的那家店的主人，还有逢年过节去他那儿染布的男人，都是在这样的地带消失的。他们做生意的地方被炸得粉碎，四处都是碎石和碎玻璃。

在那些日子里失踪的人，多数情况下是不知死活，至少一段时间内不知道。有一次，纳迪娅特意绕道去了一趟父母家，没有进去跟他们说话，只是站在外面看了看，看他们在不在，是否安好。可是，那个被她抛弃的家看起来空荡荡的，没有人或生命在里面居住的迹象。等她再去的时候，房子已经被重量相当于一辆小型汽车的炸弹摧毁，完全认不出来了。纳迪娅无从判断他们的境况，但心里一直期盼着他们找到了门路，逃到了安全的地方。就把这座城市扔给双方那些好战的掠夺者吧，为了占有它，他们看起来很乐意夷平它。

她和萨义德还算幸运，各自的住所暂时处于政府军控制的范围内，因此避开了大多数的恶战，但也遭到了报复性的空袭。那边的人马频频光顾这些地点，不仅是为了占领，也是为了打击士气。

萨义德的老板眼里含着泪告知他的员工，他不得不关门歇业了。他为辜负了他们感到抱歉，答应一旦情况好转，代理处重新开张，他们一定会有工作。他太心烦意乱，最终反而是那些领到最后一笔工资的人转而去安慰他。所有的人都认为他是个明白事理的好人，在这样的时期，还操着这样的心。

在纳迪娅的公司，财务部门已经发不出薪水了。那些日子里，所有人都不来上班了。没有真正意义上的告别，至少在她那个部门没有。由于保安是最早没影的,所以就有人镇定地趁乱打劫,或者说用物品来抵薪水。人们离开的时候,带走了能拿的东西。纳迪娅掂了掂两台放入提包的笔记本电脑的重量,还有她那层的平板电视,但最后她没拿电视,因为要把那东西抬上摩托车太困难了,于是就把它留给了一位脸色阴郁的同事,后者礼貌地向她道了谢。

此刻,城里,人和窗户的关系改变了。一扇窗户就是边界,死亡极有可能穿窗而来,窗户甚至抵挡不住最弱的那发子弹:在交火中,能看到户外风景的室内地点就成了潜在的遭袭对象。此外,被附近爆炸声震碎了的窗户本身也会轻而易举地变成弹片,每个人都听到过别人被飞溅的碎玻璃划伤后的叫声。

很多窗户已经碎了,清理掉那些残余的玻璃是谨慎之举。然而,正值冬日,夜晚寒冷,没有煤气,没有电——这两样供应越来越短缺——碎玻璃还能稍微抵御一下寒冷,因此,人们也就让它们留在原处了。

萨义德和家人重新排列了家具。他们把放满书的书架顶到卧室里和窗户齐平的位置,挡住玻璃,但又能让光线从四周的缝隙中透过来。他们还把萨义德的床斜靠在起居室的高窗前,床垫也给竖成一定的角度,床脚因而能靠在过梁上。萨义德睡在地板上铺着的三张地毯上,他跟父母说,这样他的背会舒服些。

纳迪娅用米色的胶带把窗子里面封得死死的,胶带是通常用来封纸箱的那种。她还在窗户上铺满了厚实的垃圾袋,用钉子固定在窗架上。当她有足够的电去充备用电源时,她就会放松一下,借一盏光秃秃的灯泡的光亮,听她的唱片,战事的粗糙声音多少被她的音乐掩盖了一点。偶尔瞥一眼窗户,她心想,它们可真有点像形状不规则的黑色当代艺术作品。

门作用于人的力量也改变了。有传言称,门能带你去任何地方,通常是带到远方,让你远离这个国家的死亡陷阱。有些人说认识这样的人,那些人认识曾经穿越这样的门的人。他们说,一扇普普通通的门会变成一扇特殊的门,而且没有任何预警就变了,任何门都有这样的可能性。大多数人认为,这些传言是无稽之谈,是脆弱心灵迷信的产物。然而,大多数人都开始有些异样地盯着他们的门。

纳迪娅和萨义德同样如此。他们讨论这些传言,不相信这些传言。然而,每个清晨醒来的时候,纳迪娅都要环顾一下前门、浴室门、壁橱门和阳台门。每个清晨在他的房间里,萨义德也是这样。他们所有的门都是普通的门，在连接处开合，然而他们的每一扇门，由于这一层荒谬的可能性，某种程度上仿佛有了生命。门成了一个带有微妙的嘲弄力量的客观之物，它嘲弄着那些渴望去远方的人的欲望。门框似乎在无声低语，说这样的梦简直是愚人之梦。

对萨义德和纳迪娅来说，白天不上班，见面就没了障碍，除了战争。但是，战争真是个很大的障碍。几个还在播音的本地电台说战事进展顺利，但几个国际电台又说战事进展得非常糟糕，前所未有的激增移民正在重创富裕国家，后者正在建设隔离墙和栅栏，加强边境防护，但显然没有取得令人满意的成效。武装分子有他们自己的私有电台，播音员声音圆润，带着点深沉的令人不安的性感，语速缓慢，语气沉着，用一种如同慢速说唱一般的节奏抑扬顿挫地声称这个城市的陷落指日可待。无论事实如何，出门走动总是有风险的，所以，萨义德和纳迪娅一般都在纳迪娅的家里碰头。

萨义德又重提过一次让她搬来与自己和父母同住的事，跟她说他会向父母解释清楚原委。她可以住他的房间，他可以睡到起居室去，他们不必结婚，出于对他父母的尊重，他们只要在家里保持贞洁就可以了。这样对她来说比较安全，因为现在对任何人来说独居都不好。他没有说对于一个女人独居尤其不安全,但她知道他话里的双重意思,心里也认为他说得没错,尽管她并没有接他的话。他看出这事让她不安,所以就没有继续说下去,但建议总归是提出了,她也考虑了。

纳迪娅自己也逐渐认识到,这不再是座独自生活的年轻女人能控制得了风险的城市,同样重要的还有,萨义德每次开车来看她,回去的时候总让她挂念。可是,仍有部分的她排斥搬过去和他乃至和任何人同居的想法。她好不容易找到这第一个住处,真的非常依恋这个小窝,依恋在此建构起的生活,虽然这里时常让她感到孤单。同时,作为萨义德的贞洁情人兼姐妹与他的父母住在一起,这个想法让她感到很怪异。若不是因为萨义德母亲的去世,她可能还要等上很长一段时间才会搬过去。一颗大口径的流弹穿过萨义德家汽车的挡风玻璃,直接削去了萨义德母亲四分之一的脑袋。当时,她并没有在开车,她已经好几个月没开过车了,她正在车里寻找 副耳环,她以为她错放在那里了。纳迪娅正是在葬礼当天第一次去了他们的公寓,她看到萨义德和萨义德的父亲的状态,便和他们一道过了夜,尽其所能提供安慰和帮助,此后再也没有回自己的公寓过夜。

五

在那些日子里,由于战事的缘故,葬礼都缩小了规模,办得匆匆忙忙。一些家庭无可选择,就把死者埋在院子里,或是埋在马路边隐蔽的角落里。找一块合适的墓地是不可能的,所以临时的埋葬地就应运而生了,一具湮灭的尸体吸引着另一具,就好像一个人占用了政府的废弃用地,随后,那块地方就衍生出一整片贫民窟。

对一个丧亲家庭而言,通常好多天里家里都会挤满了亲戚朋友和吊唁者。然而,由于眼下在城里走动很危险,丧事就颇受局限。人们来看萨义德的父亲和萨义德,大多数都是悄悄而来,待的时间也不会很长。在这样的场合下,问死者的丈夫和儿子纳迪娅和他们是什么关系是不合适的,所以没有人问。不过，有人还是用眼神打问了，当纳迪娅穿着黑袍在屋里走动的时候，当她为客人上茶、递饼干和水的时候，他们的眼神就会追着纳迪娅。纳迪娅没有祷告。尽管没有夸张地祷告，但她看起来就像是正忙于照应人们的现实需求，过后就会去祷告似的。

萨义德祷告得很多，他父亲也祷告得很多，来宾们也一样。其中有些人哭了，但萨义德只哭过一回，就是他第一眼看到母亲的尸体大声尖叫的时候；萨义德的父亲只是独自在屋子里的时候哭，默默地，没有眼泪，身体似乎被某种结巴抑或颤抖扼住了，怎么都没法释放。因为丧失感无穷无尽，因为他对于老天仁慈的观念动摇了，因为他的妻子一直是他最好的朋友。

纳迪娅管萨义德的父亲叫"父亲"，他管她叫"女儿"。初次见面的时候，他们就开始这么叫了。这样的称谓似乎对他们俩都合适，因此成了这老小之间都能接受的称呼。尽管没有亲属关系，但纳迪娅总是一看到萨义德的父亲，就觉得他像个父亲。他是那样温和，让她油然而生一种被保护和关爱的感觉，好像他就是在对待自己的孩子，对待一只小狗崽，或者对待一份他意识到已经开始消失的美好回忆。

纳迪娅睡在萨义德原来的房间，床就是地板上的一堆地垫和毯子。她拒绝了萨义德的父亲把床让给她的提议。萨义德同样睡在起居室里稍薄一点的地垫和毯子上。萨义德的父亲独自睡在自己的卧室里，一个他睡了大半辈子的房间。不过，鉴于他已经记不起来上一次独自睡在这间屋里是什么时候了，所以这个房间对他来说就不再是完全熟悉的了。

萨义德的父亲看到属于妻子的日常物品时会思绪纷涌。一张照片、一副耳环、一件特定场合的特定披肩，都会将他带离当下，别人眼中的当下。纳迪娅看到的日常物品——一本书，一张音乐专辑，或者抽屉内侧的一张贴纸——则把她带到了萨义德的过去，同时也唤起了她对自己童年生活的回忆，让她不时地挂念自己的父母和姐姐的命运。至于萨义德，待在很多年前曾经只有一小段时间属于他的小房间里，也会想到一段更美好的时光，那时，远方或国外的亲友还会来拜访他们。就这样,同在一个屋檐下的三个人，以其不同的方式，穿越了多样和多重的时间之流，互相交织在一起。

萨义德家附近已经落入了武装分子之手，附近的小规模交战没有了，但大炮弹还是会从天而降。爆炸的威力大得让人联想到自然本身的力量。对于纳迪娅的存在，萨义德心存感激，因为她的到来改变了落在这个屋子里的沉闷气氛。她并没有多言多语，却使沉默中少了些单调。对于她对他父亲的影响，他同样心存感激。父亲的身边多了这么个年轻姑娘的陪伴，她的知礼能将他从无止境的回忆中拔出来，她的优雅能帮他把注意力带回到此时此地。萨义德真希望纳迪娅见过他母亲，他母亲也见过她。

有时候，当萨义德的父亲睡觉去了，萨义德和纳迪娅就会在起居室里一起坐一坐。为了接触，为了温暖，他们身体的一侧贴得很紧，或许还握着手，但顶多在上床之前互吻脸颊告别。通常来说，他们都很沉默，但不时也会小声说话，讨论逃离这个城市的方法，或者关于门的没完没了的传言，又或者说些无聊的废话：冰箱到底是什么颜色的，萨义德的牙刷越来越旧了，纳迪娅感冒的时候呼噜声很大。

一天晚上，他们还是这样挤在一起，身上盖着毯子，借着煤油灯摇曳的光说着话。他们住的这片地方已经没有电力供应了，管道里也没了煤气和水，市政设施基本上全垮了。萨义德说："感觉你在这儿很自然。"

"我也有同感。"纳迪娅说，把头靠在他肩膀上。

"世界末日有时也挺温馨的。"

她笑了。"是的，就像一个洞穴。"

"你闻起来有点像穴居人。"她随后又加了一句。

"你闻起来有点像柴火。"

她看着他，觉得自己的身体发紧，但她克制住了想去抚摸他的冲动。

当他们听说纳迪娅家附近也落入了武装分子之手，两边的路基本可能通行的时候，萨义德和纳迪娅就回了趟她的家，以便她能收拾些东西过来。纳迪娅住的楼房已经损毁了，朝街的墙体基本上没有了。底楼的备用电源店遭到抢劫，但通往楼梯的金属门没有被撬，楼房的总体结构看起来还行——当然还要做实质性的修补，但还没有到摇摇欲坠的地步。

纳迪娅原来封窗户用的塑料垃圾袋还在原处，只是其中一个和窗户一起破掉了。原来窗户那里一道口子外的蓝天，现在更明显了，不同寻常地清晰和可爱，如果没有远处不知什么地方冒出的一道细烟就好了。纳迪娅收拾好了唱机、唱片、衣服、食品以及尚有可能养活过来的干枯的柠檬树，还有一些钱和金币——被她藏在了种树的陶盆里，用花土埋了起来。她和萨义德把这些东西搬到了他家汽车的后座上，柠檬树的顶端钻出了低矮的车窗。她没有把钱和金币从土里刨出来，以免路上被武装分子的检查站查到。他们的确被查了，但那些拦下他们的斗士看起来筋疲力尽，索要了些罐头之类的东西作为过路费就放他们过去了。

到家后，萨义德的父亲看到那棵柠檬树，笑了，好像是这么多天里头一次笑。他们三个人一起把柠檬树安放到阳台上，但是很匆忙，因为一队看起来像是外国人的武装军人开始在楼下的街道上聚集，用他们听不懂的语言争执着。

纳迪娅把她的唱机和唱片放在了萨义德房间里隐蔽的地方，即便从传统上说萨义德母亲的丧期已经结束了，但因为武装分子禁止音乐，而他们的家随时有可能被突袭检查。实际上，这种事已经发生过一次了，半夜三更武装分子咚咚地来敲门。再就是，即便她想放唱片也没电，电力不足，根本不够充家里的备用电源。

那天晚上，武装分子来了。他们要搜查某个特别教派的人，要求出示身份证。他们查验每个人的名字类别，幸好萨义德的父亲、萨义德和纳迪娅的名字跟要追捕的教派没什么关联。楼上的邻居可就没那么幸运了：丈夫被摁倒割断了喉咙，妻子和女儿被拖出去带走了。

死去邻居的血顺着地板的缝隙渗了下来，在萨义德家起居室高高的天花板角落里形成一个污点。萨义德和纳迪娅听到了那家人的尖叫声,等到他们敢出去的时候,就赶紧上楼,想要帮忙收尸掩埋,但尸体已经不见了,估计是被行刑的人带走了。他的血差不多快干了,屋子里有一摊血迹,就像画出来的小水坑似的,楼梯上有一条凸凹不平的血迹线。

第二天晚上,也许是第三天晚上,萨义德进了纳迪娅的房间,他们第一次干了不贞洁的事。恐惧和欲望混杂在一起,在之后的每个晚上驱使他再次过去,尽管他最初的决心是不做任何对父母不敬的事情,但他们还是会碰触、抚摸、尝试,却总是在最后一刻停下。现在,她已不再坚持,而他们也找到了足够的手段来规避。他母亲已经不在了,他父亲看起来对这些浪漫的事情漠不关心,所以他们可以秘密地进行。事实上,像他们这样的未婚情侣会被公开处死,这样的现实反而产生了一种半恐惧的紧迫性,把每一次结合都推向极致,有时候反而接近了一种奇特的狂喜。

由于武装分子掌控了城市,清除了最后几个大的、突出的抵抗阵地,部分的平静得以降临,不时被空中轰炸的无人机和飞行器所打断。这些由网络控制的机器多半是看不到的。同时,公开和私下处刑几乎是司空见惯了,吊在路灯和广告牌上的尸体就像是一种季节性的节日装饰。死刑执行了一拨又一拨，一旦某个街区被肃清，一定程度上会消停一段时间，直到有人又违反了某些规定。尽管违规者都声称不是有意的，但违规无一例外都受到了无情的惩罚。

萨义德的父亲每天都会去一个堂兄家。对萨义德的父亲和其他幸存的兄弟姐妹来说，那位堂兄就是他们的大哥。他在堂兄家里，与老人们喝茶喝咖啡，追忆过去。他们和萨义德的母亲都很熟，知道很多跟她相关的光彩往事。萨义德的父亲和他们在一起，并不会觉得他的妻子还活着，毕竟她的死给他造成的打击太大，乃至每个清晨都让他难以忘怀。不过，他可以分享一些与她相伴的时光。

每个晚上，萨义德的父亲在回家的路上，都要去她的墓地前待上一会儿。有一次，站在那里的时候，他看到一些小孩子在踢球。这让他很高兴，让他想起自己在这个年龄时的球技。然而，他随后意识到，他们不是小孩子了，他们是青少年，是年轻人了，他们玩的也不是足球，而是砍下来的山羊头。他心想，真是野蛮啊。可是，后来，他突然明白，那根本就不是什么山羊头，而是人头，有头发有胡子。他想相信是他看错了，光线很弱，没准是他的眼睛跟他开玩笑呢，他就是这么跟自己说的。他试图不再去看，然而，他们表情中的某些东西还是让他对这个事实深信不疑。

与此同时，萨义德和纳迪娅正在一心一意地寻找离开这个城市的方法。普遍认为走陆路过于冒险，这就意味着要研究一下通过门来获得路径的可能性。大多数人现在似乎都相信门的存在了，尤其是因为任何尝试使用或秘密保留一扇门的人都被武装分子照例没什么想象力地处死了；还因为那些收听短波广播的人声称，就连最有信誉的国际广播电台也承认了这种门的存在，而且全世界的领导人们已经把它当作一个主要的全球性危机来讨论了。

根据一个朋友提供的窍门，萨义德和纳迪娅黄昏时分步行出了门。他们按照着装规定着装，他按照蓄胡子的规定蓄了胡子，她按照头发的规定包了头，可待在路边的时候，他们还是尽可能站在阴影里，努力做到不引人注意，同时又不能显得过于刻意。他们经过一具吊在空中的尸体，那简直是臭不可闻。气味一路顺风跟着他们，让人无法忍受。

逐渐变暗的天空中，因为有飞行器在高空飞行，虽然看不见，但那些日子里早已深入人心，所以萨义德就略微弓着背向前走，像是一想到随时会有炸弹或导弹打过来就畏缩不前似的。相反，纳迪娅因为不想看起来有负罪感，她就挺直了背走，就算他们被截住查身份证，她也可以说她的证件上还没有把他列为丈夫,若不信的话,她可以领质疑者到家里去,拿出以假乱真的伪造结婚证书给他们看。

他们要找的那个人管自己叫代理人,但他们不清楚他为什么这么叫自己,是因为他是专门做旅行的?还是因为他在从事秘密业务?还是其他什么原因?他们去见他的地方是一个毁于战火的迷宫般阴暗的购物中心,一个有着无数出口和藏身地的废墟。这让萨义德觉得,自己要是坚持让纳迪娅别来就好了;这让纳迪娅觉得,他们要是带个手电筒来就好了,即便没有手电筒,哪怕带一把刀也好啊。他们站着,等待着,几乎看不见任何东西,心情也变得越来越不安。

他们没有听到代理人过来——或许他一直都在那儿——所以,当他的声音在身后乍一响起时,他们吓了一大跳。代理人的声音很软,几乎是甜腻腻的,他的低语让人想到诗人,或者心理变态。他指示他们站在原地不动,不要回头。他让纳迪娅把头露出来,但当她问为什么的时候,他又说这并非要求。

纳迪娅有种感觉,他离她非常近,近得好像就要碰到她的脖子,但她听不到他的呼吸。远处还有细小的声音,她和萨义德感觉,代理人并非独自一人。萨义德问,门在哪儿,会通往何处，代理人回答说，门无处不在，但要找一扇还没有被武装分子发现且没有被警卫看守的门需要点技巧，可能要花些时间。代理人索要费用，萨义德给了他，心里并不确定他们是付了定金还是被抢劫了。

匆匆忙忙往家赶时，萨义德和纳迪娅举头望了望夜空。因为没有电力照明，因为燃料匮乏带来的污染减轻，因为稀疏的交通，星星显得分外明亮，带斑点的月亮也分外明亮。他们心里思忖，那扇他们已经购买了的门能把他们带到哪里去呢，山区、平原还是海边的某个地方？他们看到一个刚死不久的枯瘦男子躺在大街上，身上未见伤口，应该不是饿死的就是病死的。到了家里，他们把这个可能的好消息告诉了萨义德的父亲，但他出乎意料地回以沉默。他们等着他说点什么，最后他只说了句："让我们期待吧。"

好多天过去了，萨义德和纳迪娅再没有听到代理人的消息，心里也越来越打鼓，不知道还能不能再有音信。其他地方的其他家庭都在行动。其中一家——母亲、父亲、女儿和儿子——从一扇员工大门的一片漆黑中浮现出来。他们身处某个宽敞的底楼深处，一组有金色玻璃幕墙的塔楼群下方。塔楼群包含很多奢侈的住宅，整体被开发商命名为"朱美拉海滩住宅"①。在一个摄像头的画面中，人们能看到这家人在刻板的人造光下眨着眼睛，再现身时，则是在横穿马路。他们每个人都是体型精瘦，身躯直挺，皮肤黝黑，尽管该条录像缺少音频输出，但利用唇语软件足以读出他们说的是泰米尔语②。

经过一段短暂的间歇，这家人被第二台摄像头捕捉到了。他们正在穿过一道走廊，用力推动一扇沉重的双重防火门的水平杆。等到这些门打开后，迪拜沙漠明亮的阳光盖过了敏感的图像传感器，四个人看起来变得细长而虚幻。他们消失在一片白光中，但在那一瞬间，他们又同时被三台外部监视器捕捉到了。小小的人影，摇摇晃晃地走上一条宽阔的人行道，那是一条沿着单行林荫大马路铺设的散步道，马路上慢慢驶来两辆昂贵的双门汽车，一辆黄色的，一辆红色的，从那女孩和男孩受惊吓的样子可以间接地感受到车子发动机加速的声音。

父母牵着孩子的手，似乎有些不知所措，不知该往什么地方走。也许他们原本就来自海边村子，不是城里人，因为他们被大海所吸引，离开了楼群。摄像头从多个角度拍到了

---

①世界上最大的独立居住建筑群，位于迪拜的波斯湾海滨区。
②通行于印度南部和斯里兰卡北部的语言。

他们沿着沙滩中一条绿化小道行走的画面，父母时不时互相低语，孩子们则看着那些大多数皮肤白皙的游客，他们几乎全裸地躺在垫有毛巾的长椅上——其实人数远比冬天旺季的时候少多了，只是孩子们不知道而已。

此刻，在他们上方五十米左右的地方，一架小小的四旋翼无人机正在盘旋，安静得几乎听不到声音。无人机抓拍的素材全都传给了一个中央监视站和两台不同的安全车。一辆是没有标志的大轿车，一辆是窗户上有格栅的厢式货车，后一辆车上有两个穿制服的人。他们从车里出来，走路很有目的性，但也没有失当或是急促到使游客警觉的程度，大约一分钟后，他们的轨迹就和那个说泰米尔语的家庭交会了。

在这一分钟里，摄像头里的这家人还出现在一群用手机自拍的各路游客当中。这家人看起来不太像是一个有机的整体，而更像是四个神态各异的不相干的个体。母亲反复去看那些经过她身边的人然后迅速瞥向地面，父亲拍打着口袋和背包的内侧，就像是在检查是否有裂口或裂缝，女儿盯着俯冲向附近码头，在最后一刻拉起并伴随一段冲刺着陆的跳伞运动员，儿子则每走一步都在测试他脚下为慢跑者铺设的塑胶地面。接着，那一分钟结束了，他们被拦下并带走了。显然，他们是困惑的，或是被吓住了，因为他们手拉着手，没有反抗，没有散开，没有逃跑。

就萨义德和纳迪娅而言，由于电力不足，待在家里的时候，他们还能避开远处的监视，享受到一定程度上的隔绝。即便如此，他们的家还是会受到武装人员的突击搜查。当然了，一跨出家门，城市上方的天空和太空中，无处不在的监视镜头也会捕捉到他们，武装分子和告密者们也会看到他们，后者可能是任何人，每个人。

先前的一项私人行为——排大便这样的事儿，现在也要在公共空间上演。萨义德和纳迪娅家的楼房因为没有了管道水，厕所早就不能用了。住户们在后面的小院子里挖了两个深坑，男的一个，女的一个，中间用一块挂在晾衣绳上的厚布隔开。所有人不得不在那里蹲着解决问题，在云彩下不顾恶臭地低着头，这样即使被拍到了，演员们也能或多或少保留点隐私。

纳迪娅的柠檬树没能养活过来，尽管反复地浇水，它还是光秃秃地待在阳台上，上面挂着几片枯叶。

奇怪的是，即便在这样的环境下，萨义德和纳迪娅对于寻找出路的态度仍没有完全明朗。萨义德非常想离开他的城市，某种程度上来说他一直都想离开，但在他的想象中，他始终保有一个念头，那就是离开只是短暂的离开，间断性的离开，从来不是永远地放弃，但这次逐渐迫近的潜在离开完全不同，他很怀疑自己再也回不来了。还有，永远地离开他的家人和朋友让他心里非常难过，这等于失去一个家，他的家。

纳迪娅可能更热衷于离开，她的天性如此，向往新事物，喜欢变化，在最基本的层面上，离开让她兴奋。不过，牵扯到独立讨生活，她也忧心忡忡，担心离开了自己的国家到了国外，她和萨义德以及萨义德的父亲会受陌生人摆布，靠救济生活，就像害虫一样被圈起来。

对于生活中各种各样的迁移变化，过去纳迪娅比萨义德更加得心应手，以后也会如此。萨义德眷恋故土的情绪更浓，也许是因为他的童年过得太惬意了，也许只是因为他性情如此。尽管如此，无论怎么忧虑，如果有机会的话，他们毫无疑问都会离开。两个人都没有预料到，一天早晨，代理人的一张手写字条从他们家的门缝底下塞了进来，告诉他们第二天下午什么时间到哪里去。他们也没有预料到，萨义德的父亲会说："你们两个必须去，但我不会去的。"

萨义德和纳迪娅说这是不可能的，为了避免误解，又解释说，没问题的，他们付了代理人三个人的费用，大家可以一起走。但萨义德的父亲听完他们的话并没有妥协：他们，他重复道，必须走，但他必须留下。萨义德威胁他说，如果必要的话，他会扛着父亲走，此前他还从未用这种方式跟父亲说过话。但父亲把他拉到一边，他看出来自己让儿子很痛苦。萨义德问父亲为什么这么做，到底是什么让他想留下，萨义德的父亲说："你母亲在这儿。"

萨义德说："母亲已经走了。"

他父亲说："对我来说没走。"

某种意义上讲这是事实。对于萨义德的父亲来说，萨义德的母亲就是没有走，没有完全走，因此，离开这个和她生活了一辈子的地方是很困难的。难的不是不能每天去她的墓地探望，他也不希望如此，他只是喜欢一定程度上守在过去，因为过去给予他的更多。

不过，虽然没跟萨义德说，萨义德的父亲也在思考未来。他担心一旦说了，儿子就不会走了，但他知道儿子无论如何必须走。他没有说出口的是，父母在一生中必须明白，如果洪水来了，要对孩子放手。与年轻时的全部本能相反，他知道紧紧抓住不再能给孩子提供保护，反而只会把孩子向下拉，将他们拖入沉没的危险之中。此时，孩子已经比父母强壮，而且环境也要求人拿出最大的力气来。孩子的生命弧线,只是一段时间里和父母的生命弧线契合,实际上却是一条压着另一条,一山压着另一山,一弧压着另一弧。萨义德父亲的弧线,如今弯曲在低处,儿子的弧线则在高处,如果一个老人妨碍了他们,两个年轻人就不大可能活下来了。

萨义德的父亲告诉儿子,他爱他,说在这一点上,萨义德必须听他的话,他不相信自己能掌控儿子了,但在这个节骨眼上,他必须这么做。继续留在这个城市里,萨义德和纳迪娅只能等死,萨义德可以等形势好转之后再回来看他。然而,两个男人都知道,说这话意味着这事儿不可能发生了,萨义德不可能在他父亲活着的时候再回来了。事实上,萨义德心里很清楚,过了今天这一晚,这个刚刚开始的夜晚,他不可能再和他父亲一起度过第二夜晚了。

随后,萨义德的父亲把纳迪娅叫到他的房间,背着萨义德和她说了些话。他说,他把儿子的一生就交给她了,既然他管她叫女儿,她就要像个女儿一样不要让他失望;既然她管他叫父亲,她就必须确保萨义德抵达安全地带。他说,希望有一天她能嫁给他的儿子,希望他的孙辈们会叫她母亲,但这由他们自己来决定。总之,他请求她陪伴在萨义德身边,直到他脱离险境，他请求她向他保证。她则说，如果萨义德的父亲和他们一起走，她就答应。他再三说，他走不了，但他们必须走。他说话的口气，轻柔得如同祈祷，她和他沉默地坐在那儿，几分钟过去了，她终于答应了。答应得轻松，因为那一刻她根本没想过要离开萨义德；答应得亦艰难，因为她感觉他们把老人丢下了，就算他在这里有堂兄妹和侄儿辈，就算现在可以跟他们同住或者让他们过来住，他们还是没法像萨义德和纳迪娅那样照顾他。所以，答应他的请求，某种意义上说就是杀了他。不过，事情往往如此，当我们离开了，就等于把留下的人从我们的生活中抹杀了。

六

那晚,离开那座城市的前夜,他们睡得很少。清晨,萨义德的父亲拥抱了他们,道别后,他眼睛湿润地走出了家门。老人没有犹豫,他觉得最好还是离开两个年轻人,免得他们出门,他在背后目送,让他们平添痛苦。他没说这天要去哪儿,所以当萨义德和纳迪娅发现只剩他们两人时,他已经走了,追不回来了。于是,在没有父亲在场的静默中,纳迪娅一再检查了他们要带走的几个小背包。背包小是不想引人怀疑,但每个包都快撑破了,就像拘禁在一个过紧的壳里的乌龟。萨义德的手指从房间里的家具、望远镜和盛有快速帆船的瓶子上抚过,他还小心地把一张父母的照片折好,藏在贴身的口袋里,此外还拿上了一个装有家庭相册的记忆棒。他祈祷了两次。

去往会面地点的路程无比漫长，走路的时候，萨义德和纳迪娅没有牵手。在公共场合，异性之间是禁止牵手的，即便是看起来结了婚的夫妇也不行。不过，时不时地，他们的关节会在身侧某处碰到，这间或发生的身体接触对他们来说非常重要。他们知道，代理人有可能把他们出卖给武装分子；他们知道，没准儿这会是他们生命中的最后一个下午。

碰头地点在一所改建的房子里，挨着一个市场。这里让纳迪娅想起了自己从前的家。一楼是牙医诊所，药物和止痛片长期匮乏，就像以前牙医匮乏一样。在牙医的候诊室里，他们吓了一跳，因为一个酷似武装分子的男子站在那里，肩膀上还斜挎着冲锋枪。不过，他只管收了钱，就让他们坐下了。于是，他们在那个拥挤的房间里坐下，在场的还有一对战战兢兢的夫妇以及他们的两个学龄孩童，一个戴眼镜的年轻人，一位直挺挺地坐在椅子上的老太太——看样子像是出身于有钱人家，尽管身上的衣服脏兮兮的。每过几分钟，就有人被召唤到牙医的诊室。等到纳迪娅和萨义德被叫进去的时候，他们看到一个瘦子，看起来也像个武装分子，正用指甲刮擦着鼻孔的外侧，像是在把玩一块老茧，又好似在漫不经心地弹奏一件乐器。他开口的时候，那特别的柔软声音让他们一下子就听出来,他就是前几天他们见过的那个代理人。

诊室很阴暗,牙医的椅子和工具使这里看起来就像是个酷刑站。代理人用头示意了一下黑暗处的一扇门,那原本应该是个器械柜的门,然后对萨义德说:"你先进。"在此之前,萨义德想的是他先进,确认安全后让纳迪娅跟着进去。但现在他心想,他进去了,让她留在后面太危险了,于是改变心意说:"不,她先进。"

代理人耸了耸肩,好像谁先进对他都无所谓似的。纳迪娅在那一刻之前还从来没有想到过离开顺序的问题,此时却意识到无论对谁来说都没有更好的选择。先走和后走,对每个人来说都有风险,于是不再争论,向门走去。靠近的时候,她惊讶于门的黑暗和不透光,既看不到另一边的样子,也没有这边的光照进去,就好像这两边毫无分别,既是起点亦是终点。她扭头冲着萨义德,发现他正在看着她,脸上写满了担忧和悲伤,于是她拉起他的手,紧紧握了握,松开,一言不发地跨了进去。

据说,在那些日子里,这样的旅程既像死亡也像出生,纳迪娅进入那片黑暗的时候,她确实体验了一种死亡般的感觉。当她奋力出来的时候,她大口地喘着气挣扎着,躺在另一边房间的地板上,浑身冰冷,伤痕累累,湿漉漉地颤抖着,起初根本没有力气站起来。她一边使劲地填充着她的肺,一边想,这湿漉漉的东西一定是她自己的汗。

萨义德慢慢浮现出来,纳迪娅往前爬了爬,给他腾了点地方。爬的时候,她头一眼就看到水槽、镜子、地板的瓷砖以及后面的小隔间。所有隔间的门都是普通的门,除了她穿越过来的这一扇,也就是萨义德此刻正在穿越的这一扇。这扇门是黑的。随后,她明白了,她现在所处的地方是某个公共场所的浴室。她仔细倾听,然而什么声音都没有。唯一的动静来自她,她自己的呼吸,以及萨义德,他低声的喘息就像正在锻炼或是做爱的人发出的声音。

没等站起身来,他们就拥抱在了一起。她搂着他,因为他还很虚弱。等到有了足够的力气,他们就站了起来。她看到萨义德撑着那扇门站着,就好像是期望原路返回,重新穿越回去似的,她站到了他的身边,没有说话。他一动不动地站了一会儿,然后就向前迈步了。他们朝着外面走去,随后发现他们位于两栋矮楼之间。他们觉察到一种像贝壳挂在耳朵上一样的声音,感到脸上刮过一阵冷风,闻到了空气中的咸腥味。他们举目四望,看到了一片沙子和冲上沙滩的灰色低浪,看起来很神奇,尽管这并不是什么奇迹,他们只是身处一片海滩而已。

前方是一个海滩俱乐部，设有酒吧，摆放着桌子、大型户外扬声器和躺椅，因为是冬季，这些东西都被堆在了一边。招牌都是用英文写的，但也有其他欧洲语言。海滩看起来很荒凉，萨义德和纳迪娅走过去，站在海边，潮水在他们脚边停下，渗进沙子里，留下平滑的线条，恰似父母给孩子们吹出来的肥皂泡破灭掉的样子。过了一会儿，一个浅棕色头发的苍白男子出现在他们面前，让他们走开，还用手指摆出射击的姿势，但没有任何敌意或是特定的粗鲁含义，更像是在交谈，用一种国际通用的混杂的手语。

他们离开海滩俱乐部，走到一个小山的背风处，然后看到了一个类似难民营的地方，那里有数以百计的帐篷和棚屋，以及肤色深浅各异的人——说是这么说，但大多数属于棕色系，从暗巧克力色到奶茶色不等。这些人围坐在点着火的直立的油桶旁，嘈杂地操着世界各地的语言说话。假如某人是个通信卫星，或者是个窃听海底光纤电缆的间谍头子，他听到的可能就是这些声音。

在这个群体里，人人都是外国人，因此，从某种意义上说，人人也都不是。很快，纳迪娅和萨义德就插到一队乡下男女中间，得知他们正在希腊的米科诺斯岛上，一个夏天里非常吸引游客的地方。在这个冬天，它看起来似乎又非常吸引移民。出去的门，即通往富裕地方的门，被把守得非常严；但是进来的门，那些来自贫穷地方的门，大多疏于保卫，也许是希望人们都回到他们曾经离开的地方——尽管几乎没有人回去，也许是因为有太多来自贫穷地方的门，以至于根本管不过来。

在某些方面，营地就像是个旧日淘金潮时期的贸易点，可以售卖或交换的东西很多，从毛衣到手机到抗生素，私下里还有性和毒品。有的家庭着眼于未来，也有诸多青年群体关注弱势人群；有正直的人，也有骗子团伙；有冒着生命危险拯救孩子的人，也有知道怎么在黑暗中闷死一个人让其从此不能发声的人。这个岛很安全，有人告诉他们，但和其他大多数地方一样，它也有不好的方面。总的来说，正派的人超过了危险的人，但入夜以后，最好还是待在营地里，和其他人靠近一点。

在纳迪娅的妥协下，萨义德和她买了第一拨东西：水、食物、一条毯子、一个大背包、一顶可折叠进轻便小包里的小帐篷、电源以及为他们的手机配备的本地号码。在营地边上，他们找到了一块空地，位于半山腰，背风，石头也不多，然后在那里搭建了临时的家。纳迪娅做这些，感觉就像在过家家，跟她小时候和姐姐玩的游戏一样；萨义德做这些，感觉自己就是个不孝之子。纳迪娅蹲在一堆参差不齐的树丛边，让他也蹲下，并趁着藏身于此在光天化日下试着去亲他，他有点火气地把头掉开了，但旋即又道歉，把脸颊贴在她的脸上。她试图贴着他放松，脸颊贴着他蓄胡子的脸颊，然而她很惊讶，因为在那一刻，她觉得她在他身上瞥见的是苦涩。这种苦涩，她之前从未在他身上见过，所有这几个月里都未见过，片刻都未见过，甚至在他母亲死的时候，他又悲伤又沮丧，但也未见他身上流露现在的这般苦涩，好像有什么东西从内部腐蚀了他一样。实际上，他之所以打动她，正是因为他的不以苦为苦，转眼就能笑起来。此刻，他握着她的手，亲着它，好像是在做弥补。她打消了疑虑，但还是有点不安，因为她突然意识到，一个苦涩的萨义德，就完全不再是曾经的萨义德了。

他们疲倦到了极点，在帐篷里打了个盹儿。醒来的时候，萨义德想给父亲打个电话，但是自动回复的信息告诉他，他的电话没法接通。纳迪娅试着用聊天软件和社交媒体与人联系，有一个奥克兰的熟人回复了，还有一个马德里的立马回复了。

纳迪娅和萨义德挨着坐在地上，追看着新闻。世界上的骚乱，他们国家的状况，移民们前往的和相互建议前往的路线和目的地，赚钱的法子，不惜一切代价都要避免的危险。

下午晚些时候，萨义德去了山顶，纳迪娅也去了山顶。在那儿，他们极目远眺整个岛屿以及远处的大海。他站在她站过的位置旁边，她站在他站过的位置旁边，风猛吹着他们的头发，他们看向对方的方向，却看不到彼此，因为她在他之前上了山，因为他在她之后上了山，因为他们俩都只是短暂地在山顶待了一会儿，在不同的时间里。

萨义德从山上下来，回到了帐篷边，纳迪娅已经重新在那里坐下了。与此同时，一名年轻女子正在离开维也纳当代美术馆，她刚刚从这里下班。来自萨义德和纳迪娅家乡的武装分子上个星期横扫了维也纳，让这个城市目睹了发生在大街上的各种残杀。武装分子向手无寸铁的民众开枪，扫射完毕后就消失得无影无踪。一个下午的暴行，不似维也纳曾经历过的任何事情，不似自上个世纪的战争以来发生的任何事情，甚至不似那之前的几个世纪以来发生的任何事情。尽管在历史的长河里，维也纳对战争并不陌生，但这次完全不一样，而且尺度更大。武装分子也许是想挑起民众对来自他们那个世界的移民的反感，后者已如潮水般涌向了维也纳。如果这就是他们所希望的，那么他们真的成功了。这个年轻女人听说，一个暴徒有意袭击聚集在动物园附近的移民，人人都在谈论这件事，发短信讨论这件事。她打算加入一道人墙警戒线，或者说是去保护移民不受反移民者的侵袭。她的外衣上别着一枚和平徽章、一枚彩虹形状的荣誉徽章，还有一枚移民同情者的徽章，一颗红色的心里嵌着一道黑色的门。等火车的时候，她注意到，火车站上的人群并非普通人群，没有老人和儿童，女人也比平常少。即将到来的骚乱人所共知，人们似乎刻意避开了。不过，直到上了火车，她才发现自己四周全是男人。他们看起来就像她的兄弟、侄儿、父亲和叔叔，只是他们愤怒而狂乱。他们瞪着她，瞪着她的徽章，毫不掩饰恶意，还有可以感知到的对背叛的怨恨。他们开始冲她喊叫，推搡她。她感到害怕，一种本能的动物性的恐惧，她觉得任何事情都有可能发生。然后下一站到了，她挤出人群，下了车。她担心他们可能会抓她，拦她，伤她，但他们没有。她成功地下了车，在列车离开后还站在那儿，浑身发抖。思索了一会儿，她鼓起勇气，开始拔腿走，不是去往她的公寓，她那可以看到河岸风景的可爱公寓，而是去往另一个方向，动物园的方向。从一开始她就想去那儿，现在她还是要去。所有这一切都发生在太阳逐渐西沉之际,而在米科诺斯的上空,太阳也在西沉。尽管米科诺斯位于维也纳东南,但从行星的尺度上来说终究是隔得不远。在米科诺斯,萨义德和纳迪娅正在阅读有关骚乱的消息。骚乱此刻正在维也纳上演,从他们老家出去的惊慌失措的人们正在线上讨论怎样才能最好地忍受或逃离这场骚乱。

到了晚上,天气很冷,萨义德和纳迪娅和衣而卧,连夹克衫也没脱,就裹着毯子相拥入睡了。毯子裹住了身上、身边和身下,一定程度上充当了垫子,隔离了硬邦邦的不平整的地面。他们的帐篷小得人站都站不起来,不过就是个长而低的五面体,形状看上去就像萨义德小时候玩过的玻璃三棱镜,那时候他经常利用棱镜反射阳光制造小彩虹。起初,他和纳迪娅还互相抱着,搂在一起睡,但过了一会儿,搂抱就变得非常不舒服,尤其是在狭小的空间里。所以,到了最后,他们还是前胸贴后背地睡了。先是他从后面贴着她,稍后,等到月亮升到头顶看不到的位置时,他翻了个身,她也翻了个身,变成她从后面贴着他。

早晨,他醒来的时候,她正瞅着他。他抚摸着她的头发,她用手指碰了碰他嘴唇上方和耳朵下方的胡须。他亲了亲她,两人之间的感觉很好。他们收拾了东西,萨义德扛起大背包,纳迪娅背着帐篷包。他们用小背包换了个瑜伽垫,这样他们晚上可以睡得更舒服些。

没有任何预警人们就开始冲出帐篷。萨义德和纳迪娅听到一个传言,说有人发现了一扇新门,一扇通往德国的门,所以他们也跟着跑出去了。起初,他们夹在人群中间,因为跑得很快,没过多久他们就来到了前面。人群挤满了狭窄的道路,蔓延到了路的边缘地带,伸展开去足足有几百米。萨义德不知道他们要去哪儿,接着他便发现,他们走到了一家旅店或是旅游景点之类地方。等他们靠得更近后,他瞥见一排穿制服的男人挡住了他们的去路。他告诉了纳迪娅。两个人都有些害怕,就开始放慢脚步,任由别人超过他们。他们有前车之鉴,在他们的城市里,他们见过子弹射向手无寸铁的人群。然而,最终没有子弹飞出,穿制服的人只是站在原地,拦住人群。有几个胆大的试图冒险冲过封锁线,从路两边有口子的地方猛跑过去,但这少数的几个人都被逮住了。大约一个小时后,人群散去,大部分人返回了营地。

日子就这样一天天过去,充满了等待和落空的期望。对大多数人来说,日子已是过得非常无聊了,但纳迪娅有个主意,觉得他们应该像游客一样去探一探这个岛。萨义德微笑着同意了。到了这里后,这还是他第一次笑,这样的笑让纳迪娅心里很温暖。于是,他们背上行囊,像那些野外徒步客一样,沿着海滩爬到山上,抵达悬崖边。经他们鉴定,米科诺斯岛真是个漂亮的地方,他们也总算明白了人们为什么喜欢来这儿。有时候,他们会碰到一群相貌粗野的男人,萨义德和纳迪娅小心翼翼地和他们保持着距离。到晚上的时候,他们始终确保睡在某个大移民营的外缘。营地里有很多人,任何人都可以看情况找地方,属于某个营地,加入某个营地,或是离开某个营地。

有一次,他们遇到一个萨义德的熟人。这看起来太巧合了,颇有点儿不可思议,就像来自同一棵树上的两片叶子横遭飓风后,在遥远的地方重叠着落在了一起。萨义德很高兴。那人说,他是个人口走私犯,干的活儿就是帮人们逃离他们的城市,在这儿干的也是同样的买卖,因为他熟知其中所有的窍门。他同意帮萨义德和纳迪娅的忙,费用给他们打对折,他俩非常感激。他拿了他们的钱,说第二天早晨让他们到瑞典,但当他们醒来的时候,压根就没见到他的人影。他已经走了,一夜之间消失了。萨义德相信他,所以他们在原地等了一个星期,在同一营地的同一地点没有动,可他们再也没有见过他。纳迪娅知道他们被骗了,类似的事情太常见了,萨义德心里也明白，不过短时间内他还是自欺欺人地相信，那人一定是出了什么事回不来了。因此，在祈祷的时候，他不仅祈祷那个人能回来，也祈祷他平安无事，直到为此人祈祷变得有点愚蠢为止。从那以后，萨义德就只为纳迪娅和他的父亲祈祷了，尤其是他的父亲，他本可以和他们一起，如今却和他们天各一方。然而，想回去看父亲也无路可回，经过这么长的时间，他们那座城市很少有没被武装分子发现的门了。据说，没有人能够在穿门返回后逃脱惩罚活下来。

一天早晨，萨义德借了一把刮胡刀，把他的胡子修短，变成纳迪娅刚认识他时留的那种胡茬。那天早晨，他还问纳迪娅为什么还穿着那身黑袍，因为在这里并非必须穿。她说，即便在他们那座城市，在武装分子进来之前她独自生活那会儿，她也不是非得穿那身黑袍不可。但她选择如此，因为那是一个信号，现在她仍希望发送这种信号。他笑着问，甚至对我也是个信号吗。她也笑了，说，对你不是，你见过我什么也不穿。

他们的存款越来越少。自从离开他们的城市，到目前为止，多半的钱已经花完了。他们更加理解了营地里所见的那种绝望，理解了人们眼神中生怕深陷此地的那种恐惧。饥饿会迫使他们返回某道门,去往人们不愿意去的地方。这些门无人看守,营地里的人称其为捕鼠器。即便如此,迫于命运,某些人还是会冒险尝试,尤其是那些耗尽了资源的人。他们会冒险穿越这些门回到他们原来的地方,或者去往某个未知之地,因为他们觉得任何地方都会比他们原来的地方要好。

为了节约资源,萨义德和纳迪娅削减了四处的游逛,如此便可减少他们对食物和饮用水的需求。萨义德买了个简易鱼竿,价格不算太贵,因为卷轴断了,收线放线全得靠手。他和纳迪娅跋涉到海边,站在一块岩石上,在鱼钩上挂点面包,就试着钓鱼了。除了四周的海水,只有他们两个人,孤零零的。海风猛烈地刮扫着模糊的山丘,山丘下的东西被其遮挡得什么也看不见。他们钓了几个小时,轮流换着手。然而,两个人都不知道怎么钓鱼,或者说只是运气不好,饶是他们有几次感到有鱼咬钩,却还是什么都没有钓到,那感觉就像是把面包全都喂给了贪得无厌的海水。

有人告诉他们,钓鱼最好的时间是清晨和黄昏。因此,他们孤零零地待在外面的时间就比原先更长了。当暮色渐浓时,他们看到远处有四个人沿海滩慢慢走过来。纳迪娅说他们该走了,萨义德同意,于是他们就离开了,而且走得很快,但那几个人似乎就在后面尾随着他们。萨义德和纳迪娅加快了步伐，快到不能再快。纳迪娅走得跌跌撞撞，手臂蹭到了岩石上。那几个人紧跟着他们，萨义德和纳迪娅开始寻思，要不要扔下点东西，减轻负担，或者作为贡品，满足一下追踪者。萨义德说，那些人也许想要鱼竿，这似乎比设想那些人想要其他东西更让他们感到宽慰。于是，他们丢下了鱼竿。不过，他们很快就走到了一个拐弯处，看到一所房子，外面有穿制服的卫兵把守，也就是说，这房子里可能有一扇通往向往之地的门。此前，在这个岛上，萨义德和纳迪娅见到卫兵还从没有像现在这样感到松了一口气。他们走过去，直到卫兵冲他们喊退后。萨义德和纳迪娅站在原地，做出明确示意，表示他们不想闯进房子，然后就在士兵目力所及的地方坐下了。在这里，他们觉得安全。萨义德心想要不要跑回去把鱼竿捡回来，但纳迪娅说那样太冒险了。这会儿，他俩又都后悔把鱼竿丢了。观察了一会儿，那四个男人没有再出现，于是，两个人就在原地支起了帐篷。但那晚，他俩睡得都不太好。

　　天气变得越来越暖和。米科诺斯的春天跌跌撞撞地来到了。花蕾和花朵零星可见。在这里的几个星期里，萨义德和纳迪娅从未去过老城。老城夜间限制移民进入，即便是大白天，去那里也是阻碍重重，除非是到城郊。他们可以在城郊和那里的居民们做点买卖，据说那些人在这个岛上的时间也不过比他们多了几个月而已。纳迪娅胳膊上的伤口开始发炎，所以他们就到城郊找了一家诊所处理。一个剃光了半边头发的本地姑娘为她清洗包扎了伤口，她不是医生，不是护士，只是个性情温和的少女志愿者，年纪不过十八九。她的动作轻柔温和，举着纳迪娅的胳膊就像举着什么宝贝似的。两个女人交谈起来，话挺投机，姑娘说她想帮帮纳迪娅和萨义德，问他们需要什么。他们说最需要的就是找到一条离开这个岛的门路，姑娘说她也许可以做点什么，让他们待在附近。她要了纳迪娅的号码。纳迪娅每天都去诊所和那姑娘说说话，有时候也一起喝杯咖啡，抽卷大麻，那姑娘似乎很高兴看到她。

老城雅致漂亮，白色的楼房搭配蓝色的窗子，沿着黄褐色的小山一路散落下去，一直倾洒到海边。从老城的郊区远眺，萨义德和纳迪娅可以看到小风车、圆形的教堂以及生机勃勃的绿树。从远处看，这些绿树就像是些盆栽植物。留在附近的费用很高，此处的营地里住的都是更有钱的移民，萨义德为此忧心忡忡。

不过，纳迪娅的新朋友倒是说话算话。有一天，一大早，她就让萨义德和纳迪娅坐上了她的小摩托车的后座，载着他们穿过静悄悄的街道，去往山上的一座带庭院的宅子。他们冲进宅子，里面有一道门。姑娘祝他们好运。她紧紧拥抱了纳迪娅。看到姑娘眼里的泪水，萨义德觉得很诧异，如果说不是泪水，至少也是一道泪光。纳迪娅也拥抱了她，这个拥抱时间很长，那姑娘低声跟她说了些什么。然后，她和萨义德就扭头跨进了那道门，把米科诺斯岛留在了身后。

七

他们现身于一间可以看到夜景的卧室,里面的家具昂贵而精美,乃至萨义德和纳迪娅以为他们身处酒店,而且是那种出现在电影和精美杂志里的酒店。浅色木材,奶油色地毯,白色墙壁,还有镶在沙发座套和电灯开关边缘的闪亮金属,它们正像镜子一样四处反着光。他们静静地躺着,盼望着不被人发现,但四周太安静了,静得让他们以为他们一定是置身于乡下——因为他们从未体验过隔音玻璃的效果——并且酒店里的人都睡着了。

等站起来,挺直了身子,他们看到了天空下的一切。也就是说,他们在一座城市里。对面是一排白色的楼房,每栋楼房都粉刷得漂亮,维护得完好,所有楼房都出奇地相似。

楼房前的人行道由长方形石板铺成，或者是用水泥砌成了石板模样。从长方形的缺口里冒出的是树木，樱桃树，长着蓓蕾，开着零星的白色小花，仿佛刚下过雪，枝丫和树叶上的积雪还未融化。树木沿着街道，一棵接着一棵。他们站着，瞪着这一切，恍如在做梦。

他们等了一会儿，但他们知道不能在这家酒店的房间里永远待下去，所以最终还是试了试门把手。门没锁，他们来到了走廊中，走到楼梯处，下了一层，又走到更为宽敞的一处楼梯，楼梯通向有更多房间的楼层，不仅有卧房，还有起居室和客厅。走到这里，他们才意识到他们是在某种类型的大宅子里，如宫殿一般，房间连着房间，奇迹连着奇迹。有喷水的龙头，喷出的水像泉水，带着白色的泡沫，摸上去很柔软，是的，很柔软。

城市的黎明来临，他们还没有被人发现。萨义德和纳迪娅坐在厨房里，思量着做些什么。冰箱几乎是空的，表明有一段时间没人使用过了。碗橱里有若干不易腐坏的盒装和罐装食品，他们不想被人指责为偷窃，于是就从背包里拿出吃的，煮了两个土豆当早餐。不过，他们还是拿了屋子里的两个茶包，给自己泡了茶喝，并且各自用了屋子里的一勺糖。

如果还有牛奶的话,他们或许还会给自己倒点奶汁,但找不到牛奶。

他们打开电视,想看看能否发现他们身处何地。很快就弄清楚了,他们人在伦敦。看到电视里间断播出的灾难性新闻,他们觉得异样地正常,因为他们有好几个月没有看过电视了。随后,他们听到身后有声音,然后看到一个男子站在那儿,瞪着眼,于是他们站起来,萨义德扛起背包,纳迪娅背上帐篷,但那男子没说一句话就扭头上楼去了。他们不知道这是什么意思,那个人似乎也像他们一样被四周的景物惊着了。直到傍晚,他们再也没见到任何人。

天黑的时候,开始有人在楼上的房间里现身,也就是纳迪娅和萨义德最初抵达的地方:十二个尼日利亚人,后面是几个索马里人,再后面是来自缅甸和泰国交界处的一家人。越来越多,越来越多。有些人立马离开了,有些人则留了下来,把某间卧室或某个客厅据为己有。

萨义德和纳迪娅挑了间靠后的小卧室,位于二层,有个阳台,可以从阳台跳到后面的花园里去。如果有必要,他们可以从那里逃脱。

拥有他们自己的一间屋子——四面墙,一扇窗,一个带锁的门——简直是不可思议的幸运。纳迪娅有强烈的冲动想打开行李，但又知道他们需要随时做好离开的准备，于是就只从背包里拿出了绝对必需的物品。萨义德则把父母的照片从贴身衣服里翻了出来，摆在了书架上。照片有些皱巴巴地竖在那里，凝视着他们，把这个狭窄的卧室变成了一个家，至少是部分地、暂时地变成了一个家。

附近的走廊里有一间浴室。纳迪娅想要洗澡的愿望超过了其他任何事情，甚至超过了对食物的渴望。萨义德站在外面看门，她走进去脱光衣服，观察了一下自己的身体。她的身体比以往任何时候都瘦，布满了东一条西一道的污垢，绝大多数都是自己身体的生理产物，汗渍和死皮，她经常除毛的地方现在也生出了毛发。她心想，她的身体现在看起来和动物没什么两样，像个野人。淋浴喷头的水压非常到位，十分有力地冲洗着她的皮肉，把她冲得干干净净。水的热度也无可挑剔。她把水调到自己能够忍受的最高温度，那热度简直要渗进她的骨头，一扫几个月来室外生活的寒冷。浴室内水气迷蒙，就像山里的一片森林。她找来的肥皂散发着松香和薰衣草的味道，如同天堂。浴巾是那样的柔软精良，等她最终出浴的时候，她感觉自己就像是一位公主，或者至少像个独裁者的女儿，其父为了让孩子能享用这样的棉织品,让他们裸露的腹部和大腿能有这样奢华的体验而不惜无情地杀戮。总之,那浴巾用起来就好像从未被用过,并且以后也不会被再次使用。纳迪娅开始穿叠在一起的衣服,瞬间觉得难以接受,简直臭不可闻。因此,她打算在浴缸里把衣服洗一洗,此时却听到了敲门声,旋即意识到自己一定是把门给锁上了。她打开门,看到了又紧张又有点恼火的脏兮兮的萨义德。

他说:"你到底在干什么呀?"

她笑着上前吻了吻他。她的唇碰到他的唇的时候,未见他有什么反应。

"时间太久了,"他说,"这不是我们的房子。"

"还需要五分钟。我得洗洗衣服。"

他瞪着眼睛,没说不同意。即便他说不同意,她也铁了心要把这些衣服洗完。她正在做的,她刚刚做完的,对她来说可不是儿戏,而是最基本的人的需要。这样才活得像个人样。这一切都提醒她自己是谁,所以非常重要,如果有必要的话,值得为此干上一架。

然而,当她关上门的时候,热气腾腾的浴室带给她的那种极度的满足感似乎随之蒸发了。看着脏水顺着浴缸的下水道流走,洗衣服这件事变成了令人失望的实用主义之举。她想恢复此前的好心情，不跟萨义德生气上火，还告诫自己他按自己的方式行事没错，错的是此刻他们不在一个节奏上。然而，等她裹着浴巾从浴室里出来的时候——身上裹着一条浴巾，头上包着一条浴巾，手里还拿着湿嗒嗒的滴着水的干净衣服——她准备忘掉他们之间的小小争执。

但他看了她一眼，说："你不能这个样子站在这儿。"

"用不着你告诉我做什么。"

他似乎被这话刺伤了，有点恼火。她也有点恼火。等他洗完澡和衣服后，他也许会做出妥协的姿态来，也许会因为洗净了身上的污垢而体会到她所体会到的。他们一起躺在细长的单人床上，不说话，也没有触碰，或者说没有超出因空间狭窄而造成的必要的触碰。这个晚上，他们跟一对婚姻长久而不幸的夫妻没什么不同，把可能的快乐变成了痛苦。

纳迪娅和萨义德来的时候是一个周六的早晨，到周一早晨管家过来工作的时候，屋子已经被占得满满的。住户大约有五十家，从婴儿到老人不一而足。他们来自五花八门的地方，西至危地马拉，东至印度尼西亚。那个管家一打开前门就尖叫起来，警察随后迅速赶来，是两个头戴老式黑帽的男人。不过，他们只是从外面往里看了看，并没有进来。不久，来了一货车配备了全套防暴装备的警察,接着又是一辆轿车,里面坐着两个警察,穿着白衬衫和黑背心,似乎还拿着冲锋枪。黑背心后面印有白色的"警察"字样,但这两个人在萨义德和纳迪娅看来更像是军人。

房子里的住户惊恐不已,多数人对警察和士兵的所作所为已经有过亲身体验。在惊恐之中,他们彼此间说的话超过了本来能说的,陌生人和陌生人之间交谈着,一种患难中的情谊产生了。这种情谊不太可能在大街上、在户外产生,因为那种情况下他们很可能会四散逃窜,谁落后谁倒霉,但在这儿,他们是捆在一条线上的蚂蚱,捆在一起让他们抱了团,成了群。

警察用扩音器喊话,让每个人都离开房屋。这时,大多数人彼此意见一致,认为他们不能离开,所以只有几个人走了,大多数人都没有动,纳迪娅和萨义德在留下的人中间。要求他们离开的最后期限越来越近了,更近了,来到了,又过去了,他们还是没有动,警察也没有开枪,他们因此觉得赢得了某种喘息的机会。接着,令他们意想不到的事情发生了:有其他人聚集到了大街上,也是深色和中间色皮肤的人,甚至还有一些浅色皮肤的人,他们衣着邋遢,就像米科诺斯移民营里的人一样。这些人聚集在一起,用勺子敲着锅子,用各种语言吟诵着什么。很快，警察就决定撤离了。

那个晚上，房子里平和安静，尽管时不时能听到用伊博语①唱的动听的歌谣片段，直到深夜。萨义德和纳迪娅手拉着手，一起躺在房子后部的小卧室柔软的床上，享受着歌声，就像享受着一首摇篮曲，即便房间的门锁着，也不妨碍他们的这种享受。凌晨时分，远处有人召集祈祷者，也许是利用了一台被霸占的卡拉OK机。纳迪娅从梦中惊醒，刹那间以为自己重新回到了他们那个城市的家里，与武装分子为伍。等她彻底想起自己到底在哪儿的时候，她看了看四周，有点吃惊地看到萨义德起床祈祷了。

伦敦所有的房屋、公园和废弃的场所都如是这般塞满了人。有人说移民有一百万之多，有人说至少是两倍。城市里愈空荡的地方似乎愈吸引侵占者，肯辛顿区和切尔西区的空置宅邸问题尤为严重，不住在那里的房主们经常在收到坏消息时已经无力挽回，同样的状况也发生在海德花园和肯辛顿公园的空地上，到处都是帐篷和破烂的避难所。据说，这种

---

①通行于西非国家尼日利亚的语言。

情况导致了从威斯敏斯特到哈默史密斯①之间的合法居民成了少数,土生土长的本地人消失得所剩无几,本地的报纸称这一地区为国家构造中最为糟糕的黑洞。

虽然人们不断涌向伦敦,但还是有人在冒险离开。一位住在肯特镇的会计正徘徊在自杀的边缘,一天早晨醒来,他发现原来通往他采光良好的第二间小卧室的明亮入口变成了一道漆黑的门。刚开始,他用壁橱里的曲棍球棍武装了自己——球棍和一堆其他的东西都是女儿上大学前的空闲期留下来的——接着,他又抄起电话想给当局拨过去,转念一想又停下了,自己干吗要受这个烦扰呢。他扔掉曲棍球棍和电话,按原计划往浴缸里注满水,把美工刀放在浴缸的扇形小台面上,紧挨着他前任女友永远不会再用的那块有机肥皂。

他提醒自己,如果认真的话,需要纵向去切。沿着手臂向上,而不是横着来。虽然他讨厌疼痛,而且不喜欢被人发现时浑身赤裸,但他还是觉得用这种方式离开最好。他确实也经过了深思熟虑。不过,身旁的黑暗让他不安,让他想起某些事,某种感觉,某种和童书有关的感觉,他小时候读过的那些书,或者说是母亲读给他听的那些书。他母亲说话有

---

① 大伦敦地区的两个自治市,前者是英国的行政中心所在地,后者为传统住宅区和富人区。

点轻微咬舌，她的怀抱温柔无比，她去世的时候并不算太年轻，但身体很早就垮了。疾病剥夺了她说话的能力，剥夺了她的人格，并在这个过程中夺走了他的父亲，让父亲变成了一个疏远的人。当这位会计想到这些的时候，他觉得自己或许可以迈出那扇门，姑且一次吧，去看看门的另一边到底是什么，于是他就这么做了。

后来，他的女儿和他最好的朋友通过手机收到了他的一张照片。一张在海滨的照片，沙漠海滨，或者说干燥的海滨，没有树木，周围是高耸的沙丘，纳米比亚的海滨。还有一条短信，说他不会回来了，但不必担心，他感觉到了某种东西，某种变化，他们可以过来找他，那样他会很高兴。如果选择来的话，他们可以在他的公寓里找到一扇门。他穿越那扇门离开了，他的伦敦也随之消失了。至于在纳米比亚待多久，先前认识他的人都很难知晓。

此刻，纳迪娅和萨义德占用的那栋宅邸的住户们不知道他们是否赢了。他们尽情享受着室内的好时光，很多人已经头无片瓦地过了好几个月了。然而，他们内心深处也知道，一栋这样的房子，一座这样的殿堂，不是那么容易被占领的。因此，他们此时放松的心情其实脆弱无比。

对于纳迪娅来说，这里的气氛有点像刚开学时的大学宿舍，身边都是同住在一个屋檐下的陌生人，多数人都表现出自己最好的一面，努力做到说话热情，摆出友好的姿态，并期望这些姿态随着时间的推移变得更为自然。室外，更多的是无序和混乱；但室内，或许有一定程度上的秩序得以建立，甚至可以说已经形成了一个小社区。屋檐下不乏粗鄙之人，但粗鄙之人到处都有，只是在生活中，粗鄙必须得到控制。纳迪娅并不期待别的，否则就是白日做梦了。

对于萨义德来说，待在这所房子里并不舒心。在米科诺斯岛上，他喜欢移民营地的边缘地带，习惯一定程度上独立于其他难民。在这里，他是多疑的，尤其是对周围为数不少的其他男人。跟一群说着五花八门的语言的人紧密为邻，听不懂他们的话，让他的精神颇为紧张。他不像纳迪娅，对于和其他同住户共占一个不属于他们的家，他多少还是有一点负罪感；对于包含他们在内的五十多户居民挤在一栋房子里而给房子带来的可见的破坏，他也同样充满了负罪感。

当人们开始把房子里的物品理所当然地据为己有的时候，他是唯一反对的人。这种姿态在纳迪娅看来简直是荒谬不已，再说，萨义德也可能因此而遭受身体上的攻击。于是，她跟他说别傻了，说得很难听，为的是护着他而非伤害他，他却被她的语气惊着了。尽管没有回嘴,他却在心里想,这是不是他们互相说话的新方式呢。他们的对话中不时显露的这种刻薄,是不是暗示他们未来走向的一个标志呢。

纳迪娅也注意到了他们之间的微小变化。她拿不准怎么做才能消除两人似已进入的那种恼人的循环,因为这样的循环一旦开始就很难打破。事实上,恰恰相反,似乎每个人都会让自己下次生气的临界点再降低一些,恰似某些过敏病例。

房子里的食物消耗得非常快。有些住户有钱买更多食物,但大多数人不得不花时间四处觅食。其中一条路是去发放口粮的粮库和摊子,那里有各色群体免费供应汤和面包。每个群体的日常供应几个小时内就会分发殆尽,有时候几分钟就分完了。这时唯一的选择就是和邻居、亲戚或熟人进行物物交换,但因为大多数人可资交换的东西不多,所以交换通常只是一个承诺,承诺拿明天或后天的吃食交换今天的吃食。这样的交换并没有涉及太多不同的物品,确切地说,交换的只是时间而已。

一天,经过一个晚上还算过得去的觅食——虽然两手空空,但好在混饱了肚子——萨义德和纳迪娅往住处走去,纳迪娅回味着芥末和番茄酱特别的酸甜余味,萨义德看着手机。

突然,他们听到前面有喊叫声,然后看到一些人在奔跑。他们意识到,他们这条街被本地暴徒袭击了,宫殿花园露台①已经被毁得徒有其名了。暴徒们看着纳迪娅的样子就好像他们是一个怪异而暴力的部落,一心只想着毁灭。有些人手里拿着铁棍和刀子。她和萨义德掉头就跑,但是没能跑掉。

纳迪娅的眼睛乌青,很快就肿得睁不开了。萨义德的嘴唇开裂,血顺着下巴流到了夹克衫上。在惊恐当中,他们竭尽全力抓紧对方的手以免分开,但他们也只是跟其他很多人一样被打倒在地而已。那个晚上,发生在伦敦他们那一带的骚乱仅造成三人死亡,按照他们所来之处的最新标准,不算太多。

清晨,他们觉得床对于他们两个来说真是太小了,伤口疼得要命。纳迪娅用屁股拱了拱萨义德,试图挤出点空间,萨义德也拱了拱她。片刻之间,她有点火气,随后他们就转身脸冲着脸,他碰了碰她肿得睁不开的眼睛,她哼哼了一声,摸了摸他肿胀的嘴唇。他们互相看着对方,默默达成了共识,不要用吼叫开启他们的一天。

---

①指肯辛顿宫宫殿花园露台,伦敦海德公园附近的一处景点住宅。

骚乱过后，电视上的评论将其视为重大事件，号称要从伦敦开始，一次一个城市，为英国收复英国。据报道，军队和警察已经开始部署。参与行动的还有曾经当过兵、当过警察的人，以及经过一周培训的志愿者。萨义德和纳迪娅听说，本土主义极端分子正在组建联盟，而且得到了政府的默许，社交媒体上称"碎玻璃之夜"①即将到来，但是这一切都需要花时间去组织。在这期间，萨义德和纳迪娅必须做出抉择：去还是留。

日落之后，在小卧室里，他们用纳迪娅手机里的内置扬声器听着音乐。虽然很多网站都可以在线听，但他们努力做到事事节约，包括购买手机流量的开销。因此只要能找到盗版，纳迪娅就下载下来，他们就听这些盗版音乐。不管怎样，她很高兴重建了自己的音乐图书馆：过去的经验表明，不能太相信线上资源的持续可用性。

一天晚上，她播放了一个专辑，知道萨义德准会喜欢。这是他们十几岁时，流行于他们那个城市的一个本地乐队的专辑。他又惊讶又开心地听了，因为他心里很清楚，她并不

---

① 碎玻璃之夜，又称水晶之夜，指1938年11月9日至10日凌晨，希特勒青年团、盖世太保和党卫军袭击德奥犹太人的事件。"碎玻璃之夜"标志着纳粹对犹太人有组织的屠杀的开始。

是十分喜欢他们国家的流行音乐。很显然,她是专门为他播放的。

他们盘腿坐在窄床上,背靠着墙。他伸出手,掌心向上摊在膝盖上。她搭了上去。

"让我们一起努力吧,彼此间尽量不说那些混账话。"

他笑了。"我们发誓吧。"

"我发誓。"

"我也发誓。"

那个晚上,他问她,她梦想中的生活是什么样子的,在大城市还是在乡下。她问他,他是不是觉得他们要在伦敦定居下来不走了。他们讨论了他们占据的这种房子怎么隔成合适的小单元房才好,还讨论了怎么在别的地方重新开始,在这个城市的别处,或者在远方的某个城市。

商量这些计划的夜晚,他们感觉彼此更加亲密,好像这种大事可以让他们暂时不去关注平庸的现实生活。有时,在卧室里讨论各自的选择时,他们会在中途停下来,看着对方,仿佛在让自己记住对方是谁。

返回他们的出生地是绝无可能的,他们也知道,在其他理想的目标城市和目标国家,同样的场景势必再现,即遭遇本土主义者的强烈抵制。所以,尽管他们讨论着要离开伦敦,他们还是留下了。有流言开始散播，说一轮更严密的封锁正在实施中。这一轮封锁将使穿越大伦敦自治市的门更少，从而减少新移民的到来，不能证明其有合法居住权的人将被遣至那些建在城市绿化带里的大收留营，剩下的小块移民聚居区也会被不断压缩。不管这些传言是不是真的，肯辛顿和切尔西以及毗邻公园的移民居住区变得前所未有的拥挤。这一区域的周边，到处都是士兵和装甲车，天上飞着无人机和直升机。纳迪娅和萨义德住在这里，虽然逃离了战争，但尚不知下一步去往何处，只能跟大多数人一样，等待着，等待着。

不过，尽管发生了这么多事，还是有志愿者在这一地区发放食物和药品。援助机构也在工作，政府并没有禁止他们的活动，移民逃出地的某些政府也在积极活动，因此希望尚存。萨义德尤其被一个本地男孩所打动，他大概刚毕业，要不就是在读最后一学年。他来到他们那栋房子，给小孩也给大人发放治疗小儿麻痹症的药。虽然很多人对接种疫苗持怀疑态度，还有很多人早已接种过，包括萨义德和纳迪娅，但看到男孩子那么认真、热情、充满善意，即便另有想法，也没有人忍心拒绝他的好意。

萨义德和的纳迪娅熟悉冲突的酝酿过程，所以，这些日子笼罩在伦敦上空的那种气氛对他们来说并不新鲜。面对这种情况，确切地说，他们没有一味逞强，大多数时候也不惊慌失措，而是在紧张的时刻顺势而为，任其涨落动荡。紧张松弛下来，则是平静，这种平静被叫作风暴前的平静，但又确实是人类生活的基本。它在我们迈向注定的死亡的步伐之间等着我们，在我们被迫停下脚步，选择生存而非行动的时候。

彼时，宫殿花园露台的樱桃树绽开了白色的花朵。这条街上的新住户中，一些人觉得此花和雪花最为接近，另一些人则想起地里熟透了的棉花，正等着人来采摘、来劳动，正等着皮肤黝黑的村民们。此刻，在这些樱桃树中间，同样也有皮肤黝黑的人出没，那是一群像小猴一样在枝杈间攀爬戏耍的孩子，不是因为黑而像猴子——虽然这事儿从古到今都说不清——而是因为人类本来就是猴子。人们忘记了自己曾经是猴子，因而对祖源和周围的大自然失去了敬意。除了这些孩子，他们陶醉于自然，乐在其中地玩着想象的游戏，把自己当成热气球驾驶员、飞行员、凤凰或是龙，迷失在白云深处。当杀戮迫近的时候，他们却为这些或许并非用来攀爬的树木赋予了一千种幻想。

一天晚上，萨义德和纳迪娅住处的花园里出现了一只狐狸。透过小卧室开向后院的窗户，萨义德指给纳迪娅看。他们都很诧异能看到狐狸，心里纳闷，这样一只造物是怎样在伦敦活下来的，它到底来自何方。他们问周围的人是否有人见过狐狸，所有的人都说没见过。有人跟他们说，或许是从门那里穿越过来的；有人说，或许是从乡下来的，因为迷路而误入这里；还有人声称，伦敦的这一带向来有狐狸出没。一位老妇人跟他们说，他们并没有看到狐狸，只是看到了他们自己，他们的爱。他们惊异地想，她的意思是不是说，那只狐狸只是个活的象征，或者说那只狐狸不是真实的，只是一种幻觉，所以别人根本看不到狐狸。

提到他们的爱，萨义德和纳迪娅颇不自在。最近，他们实在不够浪漫。两个人都能感觉到自己的存在妨碍了对方。他们将其归咎于彼此之间长时间的过密接触，任何一种关系在这种异常的亲密状态中都会出问题。于是，白天的时候，他们便开始分头闲逛。这样的分开让他们各自放松了不少，虽然萨义德有点担忧，如果肃清这一街区的武装行动突然展开，他们两个是否都能及时赶回家。经验告诉他们，手机联络并不可靠，如果说正常环境下的信号变化就像日光和月光的差别，那么当下则可能从间歇性日食变成永久性日食。纳迪娅担心她对萨义德父亲的那个承诺，她也管他叫父亲了，她答应他会待在萨义德身边直到他安然无恙,她担心自己完不成这个誓言,这是否意味着她什么都没有做。

不过,白天从幽闭式的亲密中解放出来,尝试着分开,夜晚他们反而能更加亲密地相处,尽管这种亲密更像是亲人间的亲密,而非情侣间的亲密。他们开始坐在卧室外面的阳台上,在黑暗中等待那只狐狸在下面的花园里出现。一只如此高贵的动物居然喜欢翻垃圾桶。

坐着的时候,他们偶尔会拉拉手,亲一下,间或燃起业已消失的欲火,到床上厮磨一阵。但他们不再做爱,也不再需要了,只是遵循着另一种仍能让人放松的仪式而已。然后,他们睡去,如果不困,就再回到阳台上等狐狸。虽然那只狐狸过于神出鬼没,不一定来,但它经常会来。来的时候,他们的心就放下了,说明那只狐狸没有消失、没有被杀、没有在其他地方安家。一天晚上,狐狸碰到了一条污浊的尿布,把它从垃圾桶里拖出来,嗅了半天,好像在琢磨这是什么。然后,它把尿布拖到院子里,把草地也给弄脏了。它一次又一次变换着路线,就像一条宠物狗在玩它的玩具,或者像一头熊,嘴里叼着一个不幸的猎人。不管怎样,它的行动都透着一股目标明确而又不可预测的野性,等它折腾完了,尿布也扯成了碎片。

那天晚上停电了，是被当局切断的。肯辛顿和切尔西一带陷入一片黑暗。与之俱来的是尖利的恐惧，他们经常听到的远处公园传来的祈祷声此刻也消失了。他们心想，那台用于此项任务的卡拉OK机肯定是电池没电了。

八

由于伦敦的电力网络很复杂,在萨义德和纳迪娅住的地带,仍有星星点点的灯光残留在城区边缘的房屋里,那是靠近由武装政府军控制的路障和检查站的地方。在零星的小块地区,出于某些原因电力很难断开。还有个别楼里有大胆的移民冒着被电击的风险,把线路非法接到尚在使用的高压线路上,有人还因此被电死了。尽管如此,萨义德和纳迪娅的周边还是一片黑暗。

米科诺斯岛的照明也不太好,但只要有电线的地方就有电。在他们逃离的家乡城市,一旦停电就是全部断掉。但在伦敦,有些地方依旧很亮,亮得超过了萨义德和纳迪娅所见过的任何地方,灯光照亮了夜空,又被云层反射回来。与之相反，城市的黑暗地带则看起来更黑暗，更显著，就好像海洋中的黑暗，并非因为来自上方的光线减少了，而是因为下方的深度骤然增加了。

在黑暗的伦敦，萨义德和纳迪娅心想，不知明亮伦敦的生活是什么样子的。在他们的想象中，那里的人们在优雅的餐厅里用餐，坐着闪亮的黑色出租车，至少可以去办公室工作，到商店买东西，可以去任何想去的地方旅行。在黑暗的伦敦，垃圾成堆，无人清理，地铁封闭。火车不停地跑，跳过萨义德和纳迪娅附近的车站，但依然能感觉到它在脚下隆隆作响，依然可以听到它低沉而有力的、频率接近亚音速的震动声，就像雷声，就像一颗巨大的炸弹在远处爆炸的声音。

夜晚的黑暗中，当无人机、直升机和侦察气球在头顶来回巡查的时候，战斗时有发生，谋杀、强奸和暴力袭击也时有发生。一些在黑暗伦敦生活的人指责这些事件是本土主义极端分子所为，另一些人则指责其他移民，并着手搬家，像一副被洗好并分发的纸牌一样按照花色排列，同类跟着同类，或者表面上的同类跟着表面上的同类，所有的红心在一起，所有的梅花在一起，所有的苏丹人在一起，所有的洪都拉斯人在一起。

萨义德和纳迪娅没有动。不过，他们的住所已经开始变样。起初，尼日利亚人是住户中最大的群体，时常有非尼日利亚家庭搬出去，然后他们的位置总会被更多的尼日利亚人占据。因此，这栋房子就像两旁的另外两所住宅一样，变成了众所周知的尼日利业屋。三所宅子中的尼日利亚老人经常在萨义德和纳迪娅房间右手边的花园里碰面，他们管这种会面叫"议事会"。女人和男人都要参加，纳迪娅是参会人中唯一明显的非尼日利亚人。

第一次去时，其他人看到纳迪娅似乎都很惊讶，不仅仅因为她的种族，还因为她相对年轻。顷刻间，一片沉默。不过，一位包着头巾的老妇人随后就招呼了纳迪娅。老妇人和她女儿以及外孙住在萨义德和纳迪娅的房间楼上，纳迪娅不止一次在她上楼的时候帮过忙。老妇人一副王者气派，块头很大，她招手让纳迪娅过去，站在她坐的花园椅子的边上。问题似乎就这么解决了，纳迪娅没有遭到质询，也没人让她离开。

起初，纳迪娅根本跟不上他们的对话，只能零零星星听懂一点。不过，时间长了，她听懂的也越来越多了。她也知道了这些尼日利亚人其实不都是尼日利亚人，有些只是半个尼日利亚人，有些来自尼日利亚的边境地区，来自横跨边境两侧的家族。往远里说，也许根本没有尼日利亚人这一说，或者确切地说，没有什么东西是普遍的。不同的尼日利亚人在他们内部说着不同的语言，不同的尼日利亚人也隶属于不同的宗教。这一群人聚在一起，很大程度上靠英语交流，但也夹杂着其他语言，其中的一些人对于英语的熟悉程度要远超其他人。当然，他们说的英语也是五花八门，各不相同，所以，纳迪娅在其中发表观点和意见，无须担心其他人不理解，因为她的英语跟他们一样，也是很多种中的一种。

议事会的活动日常而琐碎，处理的都是家庭不和、小偷小摸、邻里矛盾以及和这条街上其他宅屋之间的关系等等小事。审议程序往往缓慢而繁琐，故而这类聚会并不令人特别兴奋。然而纳迪娅却很期待参加会议。在她心中，这种会议代表了某种新事物，或者说某种新事物的诞生。她发现，这些人既像又不像她所熟知的她的城市里的那些人，他们让她感到既熟悉又陌生，让她觉得很有意思。她发现，他们明显地接受了她，或者说至少是容忍了她。这让她觉得非常值得，从某种意义上来说也是一项成就。

在年轻的尼日利亚人眼里，纳迪娅有了一种特殊的地位。也许是因为他们看到她和自己的长辈们在一起，也许是因为她的黑袍，总之年轻的尼日利亚夫妇以及大一点的尼日利亚男孩女孩，虽然总是在房子里讥笑其他人，却很少对纳迪娅出言不逊或者议论她，至少当着她的面没有。她沉着自如地在拥挤的房间和过道中进进出出,只有一个和她年龄相仿的快嘴尼日利亚女人让她不甚自在。那女人穿一件皮夹克,有一颗漏风牙,像持枪歹徒似的站着,腿叉着,腰带松开,双手搭在身侧,利嘴不饶任何人。经过她身边时,话跟着你,人都走了,话还跟着你。

萨义德却不怎么自在。其他的年轻人难免要时不时地对同为年轻人的他评头论足,就像年轻人常干的那样。这让萨义德非常尴尬,倒不是因为他以前在自己的国家没经历过类似的事情——恰恰相反,他经历过——而是因为在这栋房子里,从他那个国家来的人就他一个,那些对他评头论足的人都来自其他国家,且人数众多,他感到很孤立。这一点触及了某些根本的、种族的东西,令他感到紧张和某种被压制的恐惧。他不能确定何时能够放松,以及他是否能够放松,因此当他待在房子里,但不在自己的卧室里的时候,他很少能感到彻底的自在。

一次,他独自一人回家,到家的时候,纳迪娅正在开议事会。那个裹在皮夹克里的女人站在过道里,背靠一面墙,一只脚搭在对面的墙上,瘦长而歪斜的身体挡住了他的去路。虽然萨义德不愿承认,但他确实感到了威胁,感到了她的生猛、她快速而无厘头的话语所带来的威胁。那些话他通常是听不懂的,可其他人听了会发笑。他站在那儿,等着她让开,腾个地方好让他过去。但她没有让开,于是他说劳驾请原谅,她说我为什么要原谅你,又叽叽咕咕说了一大堆话,但他只听懂了这一句。萨义德有点恼火,这简直是在耍弄他,他警觉了起来。于是,他打算掉头离开,过一会儿再回来。这时,他发现身后站着一个男人,一个相貌粗鲁的尼日利亚男人。萨义德听说,这名男子有把枪,尽管从没在他身上见过,但黑暗伦敦的很多移民都会随身携带刀子和其他武器,因为他们随时都有可能受到围攻,受到政府军的袭击。还有些人原本就习惯携带武器,在家乡的时候如此,到了这里依然如此,萨义德怀疑此人就是这样的人。

萨义德想跑,却无处可跑,只好努力掩饰住自己的惊慌。幸好,那个裹在皮夹克里的女人把脚从墙上放下来了,萨义德便有了能通过的空间。他挤了过去,身体擦过她的身体。他感觉自己像是被阉割了一样。等回到他和纳迪娅的房间,他坐在床上,心跳得很快。他想大声喊叫,想缩到一个角落里,但其实什么都没做。

牧师门街[①]的拐角处有一座房子,里面的住户都来自他

---

①位于肯辛顿区的一条街。

的国家。萨义德开始把越来越多的时间花在那里，熟悉的语言和口音、熟悉的饭菜味道吸引着他。一天下午，他在的时候正好赶上做礼拜，他便加入到同乡们在后花园里举行的祈祷仪式中。仪式在蓝得让人讶异的天空下举行，这样的蓝天简直就像另一个世界的天空，这个世界没有他度过全部人生的那个城市的沙尘，人们可以从更高的纬度凝望太空。这是转动的地球上的另一片栖息地，远离赤道，更接近极点，因此可以从不同的角度、一个更蓝的角度窥看宇宙。他在这里祈祷的时候，在这栋房子的后花园里跟这些人一起祈祷的时候，他有种不一样的感觉。他感知到某些东西，不仅有精神层面的，还有人性层面的。他感到自己是这个群体的一部分，在瞬间揪心的痛苦中，他想起了自己的父亲。随后，一个蓄胡子的男人走过来搂住萨义德，他黝黑的两侧脸颊上各有两道白色标记，看上去像一只大猫，或者一头狼，他说兄弟你要不要喝杯茶。

那天，萨义德觉得，这栋房子真正地接纳了他。他心想，要问问那个脸上有白色标记的大胡子，这里有没有给他和纳迪娅住的地方，他说她是他的妻子。那人说，永远都有给兄弟姐妹们住的地方，只是很不幸，没有供他俩单独住的地方。不过，倘若萨义德不介意睡地板的话，他可以跟自己和其他男人住一楼的起居室，纳迪娅可以住楼上，和女人们在一起。很遗憾，就算是他和他老婆也是这样分开住的，他们还是第一拨住户。但是，当很多人挤在一栋房子里的时候，想要和谐相处，这是唯一文明的方式，也是唯一正义的方式。

当萨义德把这个好消息告诉纳迪娅时，她并没有表现出太大的热情。

"我们为什么要搬走？"

"去跟同我们相似的人住在一起啊。"

"他们怎么就同我们相似了？"

"他们和我们来自同一个地方啊。"

"来自我们过去住过的地方。"

"对啊。"萨义德尽量抑制着火气。

"我们已经离开那个地方了。"

"那并不意味着我们和那里没有了联系。"

"他们同我不相似。"

"你还没有见过他们。"

"不需要。"她长长地呼出了一口闷气。"我们在这儿有自己的房间，"她说，放软了声音，"就我们两个住。多大的奢侈啊。我们为什么要放弃这里去分开睡？跟一大堆陌生人一起？"

萨义德对此无话可说。过后他想了想，放弃他们的卧室，去挤两个分开的空间，彼此之间还要保持距离，就像他们住在他父母家时一样，此事的确荒唐。现在想来，住在父母家的时光，某种意义上说令他怀念，尽管那时有种种恐惧，但他怀念他对纳迪娅的感情，纳迪娅对他的感情，以及他们彼此之间的感情。他没有再坚持搬家的事，不过，当纳迪娅那天晚上在床上把脸凑近他、近到她的呼吸弄痒了他的嘴唇的时候，他还是没法唤起自己的热情，用一个吻去弥合这微乎其微的距离。

每天都会有一架战斗机尖叫着划过天空，提醒黑暗伦敦的人们对手的技术优势，提醒他们政府和本土主义者的力量。在居住地的边缘地带，萨义德和纳迪娅时不时会瞧见坦克、装甲车、通信设备和机器人。那些机器人如同动物一般或走或爬，不是在为士兵们背负东西，就是在做排弹演习，要不就是在为其他未知的任务做准备。尽管战斗机和坦克的数量更多，头顶还有无人机，但这些为数不多的机器人却更使人恐惧，因为它们的存在让人联想到一种永不止息的效率，一种非人的力量。它们所引发的恐惧，就像一个小型哺乳动物面对完全不在一个等级的食肉动物，就像一只啮齿类动物面对一条蛇。

在议事会上，纳迪娅听着长老们讨论武装行动最终实施时该怎么办。所有的人都认为，最重要的是要控制好年轻人的冲动。武装抵抗最有可能的结果是导致一场屠杀，非暴力无疑应该成为他们最有力的回应，可以使袭击者因为羞愧而变得文明。所有的人都同意，只有纳迪娅对于自己的想法颇有点拿不准，她见到过人们屈服的结果，她从前的城市就曾屈服于武装分子。她认为年轻人用刀、枪、拳、牙反抗是天经地义的权利，有时候弱小者的凶猛是从强大的猎食者那里脱身的全部手段。不过，长老们说得也很有道理，所以她心里拿不准。

萨义德也拿不准。但在他同乡的那栋宅子里，那个脸上有白色标记的大胡子说，殉难并不是理想的选择，而是正直的人因别无选择而走向的一种可能的结局。他号召所有的移民群体遵循宗教法则，打破种族、语言和民族的分歧，因为在当今这个充满了门的世界里，唯一的分歧是寻求通行权的人和否认通行权的人之间的分歧。在这样一个世界里，正义者的宗教可以保护那些寻求道路的人。萨义德左右为难，原因在于他被这些言辞所打动和鼓舞，这些话不同于他家乡的那些武装分子的粗言鄙语。因为那些武装分子，他母亲死了，他父亲现在可能也死了。但是，与此同时，那些被大胡子的言辞所召集起来的众人也时不时地让他想起那些武装分子。当他想到这个的时候，他就觉得自己变质了，好像从内部烂掉了一样。

他同乡的房子里有枪。每天都有更多的枪通过门被带过来。萨义德接受了一把手枪，他没要步枪，因为手枪可以藏起来。在他的心里，他说不出口的理由是，带枪可以让自己更安全些，可以防一下那些本土主义者或是他的尼日利亚邻居。那天晚上，脱衣服的时候，他没有说这事，但也没有刻意瞒着纳迪娅。看到枪，他心想，她会跟他干一架，至少会吵一架，因为他知道议事会的决定。然而，她什么都没做。

相反，她看着他，他看着她；他看到了她的动物形态，她陌生的脸庞和身体，她也看到了他陌生的脸庞和身体。当他伸手触碰她的时候，她也靠近了他，虽然是有点轻微闪开的靠近，两个人的交合带来一种相互给予的暴力和兴奋，一种令人惊愕的、几乎是疼痛的惊喜。

纳迪娅熟睡之后，月光从百叶窗的缝隙间爬过，直到这个时候，萨义德才能躺在那里思考一下枪的问题。对于怎么使用和保留手枪，他除了知道扣动扳机能开火之外，真的一点概念都没有。他意识到自己的荒谬，第二天必须把枪还回去。

黑暗伦敦有着繁荣的电力贸易，由那些依傍权力的人经营，萨义德和纳迪娅因而能够时不时地给手机充上电。如果走到他们那个街区的边缘，他们就能捕捉到强烈的信号，跟很多人一样，他们靠这种方式了解国际大事。有一次，纳迪娅坐在一栋楼房的台阶上看手机上的新闻，街对面是一小队军人和一辆坦克。这时，她在网上看到了自己的照片，坐在一栋楼房的台阶上看手机上的新闻，街对面就是一小队军人和一辆坦克。她一下子惊呆了，心想这怎么可能，她怎么可能既在看新闻又成为新闻呢，媒体怎么可能及时地发布这张图片呢。她四处搜寻着拍摄者，感觉奇怪极了，好像时间在她的周围扭曲，好像来自过去的她在看未来的新闻，或是来自未来的她在看过去的新闻。她几乎要认为，如果此刻她起身走回家，就会出现两个纳迪娅。她会分身为两个纳迪娅，一个坐在台阶上看新闻，一个在往家走，这两个不同的自己会延伸出两种不同的人生。她想，她正在失去平衡，或者说失去理智。随后，她把图像放大了，看到那个正在手机上看新闻的黑袍女人根本不是她。

那些日子里，新闻里充斥着战争、移民和本土主义者，也充斥着各种分裂。某些地区脱离了某些国家,某些城市脱离了某些地区,看起来好像人人都在聚集,人人又都在分离。失去了边界的国家似乎变得有点虚幻,人们对它们不得不扮演的角色表示质疑。许多人主张,小国家更有意义,另一些人则认为,小国家不能起到保护他们的作用。

那段时间,读着这些新闻,一个人很容易得出这样的结论,即国家就好比一个具有多重人格的人,有的人格坚持联合,有的则坚持解体,而且这个具有多重人格的人正同其他人一起在一池汤水里游泳,他们的皮肤都在溶解。即便是大不列颠也难免受到这种影响。事实上,已经有人说大不列颠分裂了,就像一个人脑袋被砍掉了,但身子依旧站着一样。还有人说大不列颠是个岛国,岛国有持久性,即便迁移来的人在改变它,它毕竟已经持续了几千年,所以还会继续持续几千年。

那些主张杀光移民的本土主义者,情绪之愤怒让纳迪娅惊骇不已。她惊骇是因为这些话听起来是那么熟悉,跟她家乡那座城市里的武装分子说的话太像了。她暗自思量,她和萨义德来到这里是否改变了什么,是否改变的只有脸庞和房子,而不是他们窘迫的基本现实。

不过,随后,看到周围所有那些肤色和衣着各异的人,她就松了口气，这里比她想象的地方要好。她突然想，在她出生的那片土地上，她的人生实际上已经终结了。对她来说，那段时间已成过去，一段全新的时间在这里，无论忧虑与否，她都欣然接受。这就像炎热的日子里她骑着小摩托掀起头盔的挡风罩时吹到脸上的风，她接受了那灰尘、污气和不时钻到嘴里的小虫子，她会向后躲，甚至吐口水，但是吐完后依旧会咧开嘴笑，笑得放肆。

对于其他人来说，门也是一种解脱。在蒂华纳①的山上有一所孤儿院，名字很简单，就叫"儿童之家"。也许是因为它不是准确意义上的孤儿院，换言之，它不仅仅是个孤儿院，尽管大学生志愿者们都这么叫。他们时不时地跨越边境过来做义工，刷油漆，做木工，贴墙纸，抹墙粉。其实，儿童之家的很多孩子都至少有一位健在的家人，要么是表兄妹，要么是叔叔婶婶。通常来说，这些亲戚都在边境另一侧的美国工作，他们会一直缺席，直到孩子长大了，能跨境过去，或者直到他们自己干不动了，回到这边。有时，这种缺席会变成永久性的。这种情况很常见，因为生命无常，因果难测，

---

①墨西哥西北部边境城市。

尤其是对于身在远方的人,死亡的降临似乎总是难以预料。

儿童之家坐落在小山顶的山脊处,门前是一条街。房子后面是用铁链连接起来的栅栏和部分地面用水泥砌平的玩耍区域,面对着一道干涸的山谷。街上其他低矮的房子都朝向山谷,一些是架在桩子上的,就像海边的房屋一样,让人感觉和周遭的干燥缺水颇有些不相称。不过,太平洋就在西面几个小时的步行路程之外,另外,考虑到地形,桩子也是合理的。

一个年轻女人的身影从附近一家酒吧的黑门里浮现了出来。对于一个像她那样的年轻女人,出现在这样的地方真是有点反常。店主对此没有大惊小怪,类似的事情发生过好多次了。年轻女人一现身就站起来,大步走向孤儿院。在那里,她找到了另一个年轻女人,或者说只是个成熟的女孩。年轻女人拥抱了女孩。女孩能认出她来,只是因为她在手机和电脑的屏幕上看到过她,已经这么看过很多年了。女孩拥抱了她的母亲,随后就变得很害羞。

女孩的母亲见了管理孤儿院的大人们。很多孩子盯着她,议论着,仿佛她是某种标志。她的确是,因为如果她能来,那么其他人也能来。那天晚上的晚餐是盛在纸盘里的米饭和炸豆子。一排排拼在一起的桌子两侧摆着一排排条凳,那位母亲坐在中间,就像一位贵人或是圣者。她讲着故事,一些天真的孩子把它们想象成自己的母亲经历的故事,在她们还活着的时候。

这天归来的这位母亲在孤儿院里过了夜,以便她的女儿可以和这里的人道别。之后,母亲和女儿一起走到酒吧,店主让她们进了门,虽然摇着头,脸上却带着笑。笑容使他的胡子弯了起来,让他凶巴巴的脸瞬间变得有点傻乎乎的,母亲和女儿在他的笑容中离开了。

在伦敦,萨义德和纳迪娅听说,军队和准军事编队已经被全部动员起来,部署在了全国范围内的城市里。他们猜想拥有古老名字和现代装备的英国军队已经准备好了击溃可能碰到的一切抵抗。一场大屠杀即将开始。他们两个都知道,伦敦的战争将会呈现出令人绝望的一边倒局面,跟其他很多人一样,他们两个不再到离家远的地方去冒险了。

肃清萨义德和纳迪娅所在的移聚居点的行动以一种糟糕的方式开始了,一名警官在数秒内腿部中枪,当时他的队伍正在向大理石拱门①附近的一家被占的电影院移动。随后,

---

① 位于伦敦海德公园旁边的大型交通环岛处。

噼里啪啦的交火声响起，不只这里，别处也响起了枪声，并且越来越激烈。萨义德正巧在外面，赶紧往家跑。跑到门口，他才发现沉重的前门关得死死的。他敲了半天门才开，纳迪娅一把拉他进去，然后又把门重重地关上了。

他们走到后面的房间，把床垫竖起靠在窗上，然后一起坐在一个角落里，等待着。他们听到直升机的声音，更多的枪击声，以及高音喇叭传出的要求和平撤离这一地区的通告，声音大得地板都摇动了。他们透过床垫和窗户间的缝隙看出去，看到数以千计的传单从天空落下。又过了一会儿，他们看到了浓烟，闻到了烧东西的气味。再后来，一切归于平静，但那烟雾和气味久久未能散去，尤其是气味，即便风向转了还是萦绕不散。

那个晚上，流言四起，说有两百多名移民在电影院的大火里被烧死，孩子、女人和男人都有，但主要是孩子，很多很多的孩子。还有另一些谣言，诸如海德公园遭到血洗，伯爵宫遭到血洗，牧羊人丛林①遭到血洗等等，都说死了不少移民。无论是否属实，无论到底发生了什么，总之看样子是发生了什么，所以才停火了。一度进入聚居区前沿的士兵、

---

①伯爵宫和牧羊人丛林均为伦敦的街区名。

警察和志愿者撤走了，那天晚上也没再有枪声。

第二天很平静，之后的一天也很平静。平静下来的第二天，萨义德和纳迪娅把床垫从窗口挪走了。他们大着胆子出门觅食，但什么也没找到。粮库和施粥所都关门了。一些物资通过门被运送过来，但远远不够。议事会碰了头，征用了三栋宅子里的所有物资，再限量配给下去。大多数都给了孩子，萨义德和纳迪娅每人分到了一把杏仁，第二天分到了一听鲱鱼罐头。

他们坐在床上，看着雨，像他们经常做的那样聊着世界末日。萨义德又一次问，当地人是不是真的会把他们赶尽杀绝，纳迪娅又一次说，当地人是如此恐惧，他们什么事都做得出来。

"我能理解，"她说，"设想一下，如果是你住在这里，忽然间有数百万人从世界各地涌过来。"

"曾经有几百万人到过我们国家，"萨义德回答，"在周边打仗的时候。"

"那不一样。我们是个穷国。我们没觉得损失那么多。"

外面，雨水打在阳台的坛坛罐罐上，发出滴滴答答的声音。萨义德和纳迪娅每过一小会儿就轮流起来，打开窗户，拿两个容器进屋,把水倒进塞紧了的浴缸里。这是议事会商议出来的紧急供水中的一种,因为水管里已经不流水了。

纳迪娅看着萨义德,她不是头一次怀疑自己把他引向歧途了。她心想,在离开他们那个城市的最后时刻,他的心里也许是犹疑的。她心想,她本可以提示一下他是去还是留。她心想,他从根本上说是个正人君子。在这一瞬间,在她看着他盯着雨的脸庞的这一刻,她的心里充满了对他的爱怜。她意识到,在她的生命中,这世上还不曾有任何一个人像萨义德那样,在他们相处的最初那几个月里给她那样强烈的感觉。

就萨义德而言,他很希望能为纳迪娅做点什么,保护她不受可能会发生的事情的伤害。尽管他明白,在某种程度上,去爱就意味着必然有那么一天,你将无法保护你的所爱。他认为她应该得到更好的生活,但他知道自己无能为力。他们已经决定不跑了,不再用逃离转动轮盘赌的转盘。他们不可能永无止境地逃跑。就连被追杀的动物都会在某一刻因为精疲力尽而停下来,等待着自己的命运,哪怕只是一小会儿。

"你觉得死的时候会发生什么?"纳迪娅问他。

"你是说死后?"

"不,不是死后。是死的时候。死的那一刻。经历的事情会闪回么？会像手机屏幕那样关上吗？或者会滑入某种奇异的中间状态，就像你正在睡去，同时身处不同的地方？"

萨义德心想，这取决于你怎么个死法。然而，看到纳迪娅正瞅着他，那么急切地等待着他的回答，他于是说："我想就像睡过去一样。走之前你会进入梦里。"

这就是他所能给予她的全部保护了。她为此绽开笑容，一个温暖明亮的笑容。他心想，她是信了他呢，还是在心里想，不，亲爱的，你根本不是这么想的。

然而，一个星期过去了。又一个星期过去了。本地人和他们的军队从前沿阵地撤回去了。

也许他们已经认定，若按原先那样企图把移民圈起来，流血冲突和屠杀将不可避免，这不符合他们的做法，于是他们决心寻找其他解决方法；也许他们意识到，门不可能关闭，而新的门还会持续打开，这让他们明白拒绝共存需要当事一方停止存在，而实施消灭的一方也会在此过程中发生变化——许多的本地父母将不再有勇气直视孩子的眼睛，自豪地讲述他们那一代人做过什么；也许是新门的数量已经多到靠战斗解决不了问题的程度。

因此，不管理由如何，在这种局面下，体面胜出了，勇气胜出了——人在害怕时选择不攻击是需要勇气的。电和水又来了，谈判继而进行。消息传开，萨义德和纳迪娅以及邻居们在宫殿花园露台的樱桃林中欢呼庆祝，庆祝持续了很久，直到入夜。

九

那年夏天,对萨义德和纳迪娅来说,似乎全世界的人都在流动。南半球的大部分人流向北半球,但也有南半球的人流向南方其他地方,北半球的人则流向北方其他地方。在先前保护伦敦的环城绿化带上,一圈新城正在兴建,其规模足以容纳另一个伦敦的人口。这种发展被称为伦敦光环,无数类似的人类光环、卫星城、城市群落正在这个国家和世界各地兴起。

就是在这里,萨义德和纳迪娅度过了更为温暖的几个月。他们在其中一个工人营里干活,清理地皮,修建基础设施,用预制件组装住宅,并用劳动交换住处。政府承诺为移民提供四十平米和一条管道,即一个占地四十平米的家,以及连通所有现代设施的线路。

一种双方都认可的时间税得以制定。如是,那些新近来岛的人的部分收入和劳动所得会流向那些来了数十年的人手里。时间税会双向逐渐削减,随着居住时间的增加变得越来越少,此后的补贴则越来越多。分歧是巨大的,矛盾并没有一夜消失,而是持续存在和发酵,但是,从这方面的诸多报道来看,发生大灾大难的可能性不大。因此,尽管有些移民仍执拗地占据着法律上并不属于他们的房子,还有一些移民和本土主义者仍在执拗地引爆炸弹、持刀行凶、开枪射击,但萨义德和纳迪娅有种感觉,总体上来说,至少在英国,在尚能容忍的安全条件下,大多数人还能继续待下去。

萨义德和纳迪娅的工人营由一圈篱笆围起来,篱笆里面是巨大的帐篷,用一种貌似塑料的灰色织物搭建,由金属架子撑高,既能通风又能挡雨。他们俩占据了一个集体宿舍的一块空间,用小帘子隔开,小帘子挂在电缆上,高度差不多到萨义德伸手能够到的地方,再往上就是空的。帐篷的下方就像一座顶部敞开的迷宫,又像一座大野战医院的诸多手术室。

他们吃的一般,一日三餐包括谷物、蔬菜和一些牛奶。运气好的话,还有水果汁或是一点点肉。还是会饿肚子,不过睡得挺好，因为工作时间长且很严格。他们那个营地的工人们盖的第一批住宅几乎立刻就被占满，好在萨义德和纳迪娅在名单上的位置也不算太靠后，所以到秋末的时候，他们就有望搬进属于自己的家。他们身上的水疱已经磨成了老茧，下雨也不再令他们烦恼了。

一天晚上，在他们那张小床上，纳迪娅睡在萨义德身边做了个梦，梦到米科诺斯岛上的那个姑娘，梦到自己回到了他们刚来伦敦时住过的那栋房子，梦到自己顺着楼上的那扇门回到了希腊的那个小岛上。醒来的时候，她大口喘着气，感觉自己的身体苏醒了，或者说警醒了，总之起了变化，因为那个梦太真实了。从那以后，她发现自己时不时地会想到米科诺斯岛。

至于萨义德，他经常会梦到自己的父亲。他的一个堂弟最近刚刚设法离开了他们那个城市，落脚在了布宜诺斯艾利斯。萨义德用社交媒体联络到了他，父亲的死讯就是由他告知的。堂弟告诉萨义德，他的父亲死于急性肺炎，感染迟迟不消，拖了好几个月，起初是感冒，后来发展得很严重，由于缺乏抗生素，终究没能扛过来。不过，他不是一个人走的，堂兄弟姐妹们都在他身边。如他所愿，他被埋在了妻子身旁。

隔着如此遥远的距离,萨义德真不知道该怎么哀悼,该怎么表达自己的懊悔。所以,他加倍干活,即使精疲力竭也要去加班。即便如此,纳迪娅和他等待房子的时间并未因此缩短,但也没有延长,因为其他的丈夫、妻子、母亲、父亲、男人和女人同样也在加班,萨义德额外的努力只是让他们在等待的名单上保持了现有名次而没有落后。

听到老人去世的消息,纳迪娅万分难过,甚至比她预想的更为悲痛。她想跟萨义德说说他父亲,可结结巴巴的又不知说什么好。萨义德则沉默着,也不大愿回应。她不时感到内疚,但又不知道为什么会感到内疚,她只知道那种内疚感袭来时,离开萨义德到各自的工作地点干活会让她松口气。除非她硬要去想离开他会让她放松这回事,只要这么一想,那种内疚感便会如影相随。

萨义德没有让纳迪娅为他父亲祷告,她也没有主动提出。不过,傍晚,在他们的宿舍投下的长长的阴影中,当他跟熟人们一起祷告的时候,她说她很乐意加入其中,坐在萨义德和其他人身边,即便不参与祈祷。他微笑着说没有必要。她对此没有回应。然而,她还是待在了那里,挨着萨义德,坐在光秃秃的地上。土地早已被无数的脚步踩踏得寸草不生,被笨重的大车压出了道道辙痕。她头一次觉得自己不受欢迎,或者无所事事。或许两者都有。

对很多人来说，适应这个新世界的确很困难，但对有些人来说，这却是意外的惊喜。

在荷兰阿姆斯特丹市中心的王子运河上，一个老人迈步走出他的小公寓，来到了阳台上。运河边上，这样的公寓不下几十栋，它们的前身是运河两侧拥有几百年历史的房屋和货栈。从这些公寓向外望去，可以看到一个庭院，里面郁郁葱葱地长满了热带丛林般的植物，一片湿漉漉的绿色。在这个多水的城市里，他的阳台边缘的木板上遍布苔藓，还有不少蕨类植物，另一边则爬满了藤蔓。阳台上摆放着两把有年头的椅子，很久以前曾有两个人住在这屋子里，现在只剩他一人，他最后一任情人恨恨地离开了他。他坐下，坐在其中一把椅子上，姿态优雅地卷上一支烟，手指颤抖着，脆脆的卷纸因为受潮而带有一丝柔软。烟草的味道总是让他想起死去的父亲。当年，父亲和他在电唱机上听有声科幻小说，每当听到海洋生物攻击巨大的潜艇时，父亲总会在烟斗里填上烟丝，喷出一口烟。录音里的风浪声和他们窗子上的雨水声交织在一起。老人想到这里，仿佛瞬间就变回了那个男孩，他在想，当我长大了我也要抽烟。现在他做到了。他抽了大半个世纪的烟,此刻正在点燃又一支。庭院里有个公共棚屋,平时用于存放园艺工具之类的东西,现在经常有一些外国人进进出出。此时,他看到那里浮现出一个人,一个满脸皱纹的斜眼男人,手里拿着一根拐杖,头戴巴拿马草帽,穿着打扮像是来自热带的人。

老人看着满脸皱纹的男人没有说话。他只是点着了烟吸了一口。那个满脸皱纹的男人也没有说话:他拄着拐杖慢悠悠地绕着院子走,伴随着他的脚步,拐杖在石子路上发出笃笃的声音。随后,满脸皱纹的男人踱向棚屋,进去了。不过,在进去之前,他回头看了看老人,后者正用略带不屑的眼光看着他。他优雅地脱帽致意。

第二天,这个场景又重复了一次。老人坐在他的阳台上。满脸皱纹的男人回去了。他们对视了一眼。这次,当满脸皱纹的男人脱帽的时候,老人冲他举了举酒杯,里面是他偶尔喝一点的加度葡萄酒。他很严肃地做了这个动作,还很有风度地点了点头。两个男人都没有笑。

第三天,老人问满脸皱纹的男人是否愿意到他的阳台上来坐坐,尽管老人不会说巴西葡萄牙语,满脸皱纹的男人也不会说荷兰语。他们磕磕绊绊地说着话,中间夹杂着长长的停顿。不过,这些停顿让人非常舒服,两个男人几乎都没有注意到这种停顿。他们两个就像两棵古树，不会注意到几分钟或几小时没有微风的时光。

再次来访的时候，满脸皱纹的男人邀请老人跟他一起去穿越棚屋里的那道黑门。老人照做了，他走得很慢，和满脸皱纹的男人一样。在门的另一边，老人发现自己被满脸皱纹的男人扶了起来，现身在里约热内卢市内依山而建的圣特蕾莎城街区。天气比他留在身后的阿姆斯特丹更温暖，更富有朝气。在那里，满脸皱纹的男人护着他穿过几条有轨电车的轨道，来到他工作的画室。老人被眼前的一切深深吸引，无法做出客观判断，但他认为这些画作是真正的天才之作。他问可不可以买一张，结果得到了一份送给他的礼物。

一周后，一位住在王子运河公寓里的战地摄影师成为第一个目睹这对老年伴侣的邻居。从她家能俯瞰同一个庭院，所以也能看到对面公寓较低一层的阳台上的那对老年人。她也是第一个目睹他们亲吻的邻居，时间离她初次看到他们没过去多久。她是用自己的相机无意中拍到的，真是让她大吃一惊。不过，那天晚上晚些时候，出于尊重以及一种少见的多愁善感，她还是把照片删掉了。

时而有媒体光临萨义德和纳迪娅所在的营地和工地，不过更为经常的则是居民们自己在线记录、发布、评论日常见闻。像往常一样，灾祸总是最容易吸引外人的兴趣，比如本土主义者的一次袭击损坏了机器，或者破坏了即将完工的住宅单元；比如某些工人在营地外走得太远遭到暴打。或者反过来，一个本地工头被移民用刀捅了，或者敌对的移民群体之间发生了打斗。然而，大部分时间里都没有什么值得报道的事件，只有无数的人日复一日地工作、生活、衰老、恋爱、失恋，跟其他任何一个地方没什么两样，所以也不值得上新闻头条，除了对直接相关的人有意义，对其他任何人都无意义可言。

出于显而易见的原因，没有本地人住在集体宿舍里。不过，在工地上，还是有本地人和移民并肩劳作，通常是监工或是重型机械和车辆的操作员。它们就像机械恐龙一样，抬起巨量的土，碾压热乎乎的铺路条带，如同咀嚼的奶牛般缓慢而安静地搅拌混凝土。当然了，萨义德此前也看到过施工设备，不过，以前看到的和现在看到的相比，真是小巫见大巫。不管怎么说，在一台咆哮着的重型建筑机械旁边工作，其体验和远远瞥上一眼完全不同，就好像一个步兵在战斗中跑在一辆坦克旁边，与一个孩子在阅兵队伍中见到坦克，显然是不一样的体验。

萨义德在修路组工作。他的工头是个知识渊博、经验丰富的本地人，几近光秃的头顶周围长着一圈白发，白天被安全帽盖着，一天工作结束后，摘下头盔擦汗的时候就露了出来。这个工头公正，强壮，长着一张饱经风霜的粗犷的脸。他不怎么闲扯，但也不像其他的本地人，他会跟手下干活的移民一起吃午饭。他似乎喜欢萨义德，说喜欢或许有点过了，但看起来至少是欣赏萨义德的奉献精神，所以吃饭的时候经常坐在他旁边。作为一名会说英语的工人，萨义德也的确有其过人之处，因此得以在工头和团队的其他人之间处于中间地位。

因为团队很大，劳动力多，机械少，所以工头要不断想办法有效使用这么多的人力。从某种意义上说，他好像卡在了过去和未来之间，说过去是因为他刚开始职业生涯之际，工作任务的平衡同样地更倾向于人力劳动，说未来是因为当他此刻环顾四周，他感觉他们所承担的工作量简直到了难以想象的规模，如同在改造地球。

萨义德欣赏他的工头，他有一种沉静的气质，让年轻人时常乐意围着他，部分的原因也在于这个本地人似乎对别人的崇拜毫无兴趣。还有就是，对萨义德和很多团队里的其他人来说，工头是本地人中他们接触最密切且时间最长的一位。因此，他们将他视作理解新家、理解本地人和他们的行为习惯的关键所在，尽管他们在此地的存在也意味着本地人及其行为习惯正在经历着相当大的变化。

一次，向晚时分，在当天的工作差不多结束的时候，萨义德走到工头面前，感谢他对移民所做的一切。工头没有说任何话。在那一瞬间，他让萨义德想起那些在他出生的城市里见到过的士兵。他们从战场上回来休假，你缠着他们讲故事，讲讲他们去过哪儿，都做了什么，他们就会看着你，好像在说，你根本不知道你问了什么。

第二天，萨义德天不亮就醒了，身体又僵又硬。考虑到纳迪娅，他试图保持不动，只是睁开了眼睛，接着马上意识到，她已经醒了。他的第一反应就是装睡——他真的累坏了，本想不被打扰地多赖一会儿床——可一想到她孤独地躺在那儿，他心里就不太舒服，而且她很可能已经注意到了他的小花招，于是他转过头低声对她说："你想出去吗？"

她点点头，没有看他，两个人背对着背，各自在小床的一边坐起来，借着微弱的光用脚摸索着工作靴。系鞋带的时候，鞋带发出了粗粝的摩擦声。他们能听到呼吸声、咳嗽声、小孩的哭声和沉默地做爱时发出的声音。帐篷里的夜间照明如同新月的光芒一样微弱，在这样的亮度下可以入睡，可以看到事物的形状，但是看不出颜色。

他们在外面走着。天光已经开始变化，黑色此刻更多地让位于靛蓝色。周围零零星星还有其他人，成对的，成群成组的，但大多数都是独自一人，整夜失眠，或者至少是此时再也睡不着了。空气清冽，但不冷，纳迪娅和萨义德肩并肩走着，没有拉手，但却能透过衣袖感受到彼此的胳膊轻轻地靠在一起。

"今天早晨，我特别累。"纳迪娅说。

"我知道，"萨义德说，"我也是。"

纳迪娅想跟萨义德说的话要比这个多，但她突然觉得喉咙干涩，几乎是疼痛。她想说的其他话怎么也找不到方式冲出舌头和嘴唇。

萨义德同样心事重重。他知道自己这会儿应该跟纳迪娅说说话，他们有时间，他们在一起，他们也没有其他事分心，可他同样是有话说不出口。

于是他们沉默地走着。萨义德迈出一步，纳迪娅跟上一步，然后两个人并肩大步向前走，速度很快，因此那些看到他们的人就像看到一对迈步向前的工人，而非一对正在散步的情侣。这个时间段,营地里没什么人,但鸟儿非常多,要么在飞,要么停在帐篷上面和营地周围的篱笆上。纳迪娅和萨义德看着这些鸟儿,它们已经失去或者说就要失去可以做窝的树木。萨义德时不时地会冲它们吹口哨,不噘嘴唇,只是发出微弱的咝咝声,就像气球慢慢漏气的声音。

纳迪娅留心着有没有鸟儿注意到他的口哨,但一路上没有看到一只鸟理睬他。

纳迪娅在一个女人占大多数的组里工作,负责铺设管线。颜色各异的管线被缠在巨大的铰盘上,堆在巨大的平台上,有橘色的、黄色的、黑色的和绿色的。这些管线将联通起这个新城市的生命线和信息网,以后就无须劳驾人们出门寻觅。管道铺设机的前面是一台挖掘机,形如一只底盘很大的狼蛛或是螳螂;挖掘机前部,在本应是螳螂嘴巴的地方,有一对看起来很吓人的锯齿状大铲子。挖掘机在地里掘出一条沟,铺设机在沟里展开、放下、连接管线。

开挖掘机的司机是个本地人,敦敦实实的,找了个非本地的老婆。那女人纳迪娅看来像是本地人,其实是二十年前从邻近的国家来的,而且很可能仍保留着一丝家乡口音。不过,本地人口音太多,五花八门,纳迪娅也不可能弄清楚。

这女人在附近工作，是某个备餐小组的监工，午饭时间她丈夫在的时候，她会到纳迪娅她们的工作点来，但也不总来，因为她丈夫为多个铺线小组开挖掘机。来的时候，那女人和她丈夫就拿出三明治，拧开暖壶盖，边吃，边聊，边笑。

过了一段时间后，纳迪娅和组里的其他女人开始加入其中，因为对方欢迎她们的加入。那个司机敞开了就是个话匣子，喜欢开玩笑，很乐见自己受到关注。他老婆貌似同样享受，尽管话不多，但看到这么多女人神魂颠倒地听她老公说话，似乎也挺开心。也许在她眼中，这让他的声望提高了。在这些聚会中，纳迪娅笑眯眯地看着这一切，很少说话。她心想，这对夫妇在这个由女人组成的小领地里，真有点像国王和王后，虽然这个小领地只能维持短短几个季节。她心想，不知道他们是不是也想到了这一点，并且决定，无论如何，享受当下。

据说，伦敦周边的工人营地在逐月增多，就算这是真的，萨义德和纳迪娅注意到，他们的营地仍然几乎每天都会迎来新的人口。有些是步行来的，有些是坐公交车或者货车来的。休息日的时候，上头鼓励工人们到营地周边帮忙。萨义德经常去义务帮助安置营地里的新增人口。

有一次,他接待了一个小家庭。母亲、父亲和女儿一家三口,皮肤好得就像从来没有晒过太阳似的。他们的长睫毛不可思议地聚着光,手和脸颊上的毛细血管清晰可见,这给他留下了深刻的印象。他想知道他们是从哪儿来的,可他不会说他们的语言,他们也不会说英语,况且他也无意打探。

那位母亲高个子,窄肩膀,跟那位父亲一样高。女儿则像母亲的缩小版,个头和萨义德差不多,尽管他猜她年纪不大,顶多十三四岁。他们用怀疑而绝望的眼光看着他。萨义德尽其所能小心行事,柔声细语,轻手轻脚,就像一个人头一次见到一匹紧张不安的马儿或一只小狗似的。

在和他们一起度过的那个下午,萨义德偶尔听到他们用他认为很古怪的语言彼此说话。大多数时间,他们都是用手势或眼神交流。也许,萨义德起初想,他们是害怕他听懂他们的话吧。后来,他又怀疑是别的原因。他猜想他们感到丢脸,但他们不知道对于易地而居的人来说,这是常见的感受,因此,尽管感到丢脸,但其实并没有发生什么丢脸的事情。

他把他们带到一个新帐篷里分配给他们的空间。新帐篷还是空的,设施都是最基本的配备,一张小床,一些挂在缆线上的织物搁架。他留他们在那儿自行安置,离开了那三个目瞪口呆的人。不过，一小时后，当他回来准备领这家人去食堂帐篷吃午饭的时候，他喊了一嗓子，那位母亲拨开了充当前门的帘子，他得以往里面扫了一眼，结果看到了一个有模有样的家。搁架上放满了东西，地上是一捆捆的包裹，整整齐齐的。小床上铺着床罩。女儿盘腿坐在小床上，背不靠任何地方，却也挺得笔直。她的腿上放着个小笔记本或是日记本，此刻，她正飞快地在上面写着什么。直到最后一刻，她母亲喊她的名字，她这才用穿过线绳挂在脖子上的一把钥匙锁上了笔记本。她把笔记本塞进了无疑是属于她的一摞物品中间藏了起来。

她走到了父母身后。她父母认出了萨义德，冲他点了点头。他转身带着他们离开了这个已经属于他们的地方，走向另一个去得早就可以吃上饭的地方。

北方夏天的傍晚没完没了，萨义德和纳迪娅常常在天透黑前就睡着了。睡之前，他们经常坐在外面的地上，背对着他们的住所，在手机上游荡一会儿。他们浏览的内容很杂，看上去坐在一起，却是各看各的。有时候，他或她会抬起头，用脸庞感觉一下四周穿过破碎的土地刮过来的风。

他们把两人之间的沉默归咎于身体的疲惫。通常来说，他一天下来会累得半句话都不想说。而手机本身却有其与生俱来的力量，能够使人脱离身边的物理环境，这也是他们不想说话的原因之一。但萨义德和纳迪娅躺在床上的时候也不再互相触摸，不再在那样的意义上触摸，这倒不是因为帐篷里用帘子隔开的空间缺乏完整的私密性，或者说不仅仅是因为那个。他们这一对，过去不习惯争吵，现在却总想争吵，就好像神经绷得太累，一旦碰到就会引起痛感。

每当一对夫妇搬走，如果他们的注意力还在彼此身上的话，他们就开始以不同的方式看待对方，因为性格并非是单一不变的色彩，比如白色或蓝色，性格更像是投影屏幕，我们反映其上的色彩深浅更多取决于我们周围的环境。萨义德和纳迪娅也不例外，他们发现，在这个新的地方，他们彼此眼中的自己改变了。

对纳迪娅来说，萨义德应该说是比先前更英俊了，艰苦的工作和憔悴的面容让他更有魅力，给了他一种沉思的气质，使他多少摆脱掉了孩子气而获得了一种有分量的男子气概。她注意到，别的女人不时地会去看他，但奇怪的是她自己却对他的英俊无动于衷，就好像他是一块岩石或一座房子，她可以欣赏但却没有真正的欲望。

现在，他的短胡茬上已经有了两三根白胡子了，都是今年夏天新长出来的。他更加有规律地祈祷，每天早晚不断，也许中午吃饭的时候也会祈祷。当他说话的时候，他就说铺路、排队名单上的位次以及政治，但从来不谈及父母，从来不谈及旅行，从来不谈及他们有朝一日可能一起去的地方，也从来不谈及星星。

他在同乡里面很有吸引力，不论是在营地里还是在线上。在纳迪娅看来，好像他们穿越时空离开他们出生的城市愈远，他就愈是想加强和出生地的联系，妄图把绳子系在一个在她看来毫无疑问已经逝去的时代的气息之上。

对萨义德来说，纳迪娅还跟当初认识时一样，还是那么的动人，即便是在疲倦不堪的时候。不过，她还是令人费解地继续穿着那身黑袍。这多少让他有点难受，因为她既不祈祷，也不愿说家乡话，还躲着同乡。有时候，他想喊一嗓子，最好还是脱下吧，但话到嘴边，又咽下去了。他认为自己很爱她，所以这样的不满冒出来的时候，他就很生自己的气，生那个看起来正变得不那么浪漫的男人的气，他已经不是自己所期望的那种类型的男人了。

萨义德想对纳迪娅保有始终如一的感情，而这种潜在的失去感让他感到无所适从，就好像在世上随波逐流，无论走到哪里都还是一无所获似的。他确信自己在乎她，希望对她好，希望保护她。她现在是他唯一的至亲，而他一向重视家庭高于一切，所以，当他们之间的温情似乎在逐渐淡去的时候，他的悲伤是巨大的，大到他无法确定，他的所有失去是否凝成了一个核，在这个失去之核里，在这个中心，他母亲的死亡，他父亲的死亡，乃至那个深情的理想自我的可能的死亡，仿佛都合并成了一场死亡，或许唯有通过辛苦的工作和祈祷，他才能承受得住这一切。

萨义德有意地冲着纳迪娅笑，至少有时候是这样，他希望她能感觉得到他的暖意，在他笑的时候关注他。但她感觉到的却是悲哀，觉得他们应该比这样更好，觉得他们必须一起找到出路。

所以，有一天，在无人机密控的天空下，在可以拍摄和记录一切的手机所形成的无形的监控网络下，她突然提出要放弃这个地方、放弃候房名单上的位置、放弃在这里打造的一切，穿越她听说的附近的一扇门到太平洋边上靠近旧金山的马林①新城时，他没有如她所想的那样提出异议甚至拒绝，反而是同意了。他们两个心中都充满了期望，希望能在

---

①位于旧金山湾区的一个县。

横跨三分之一地球的漫长穿越之后，重新点燃他们的关系，重新连接他们的关系，就像很久以前那样，无论将有怎样的危险。

十

在马林县,越往山上走,服务设施就越少,但景色却越佳。纳迪娅和萨义德是这个新城的后来者,较低的山坡早就被人占满,所以他们就在高处找了个地方。天晴的时候,从这里可以俯瞰整个金门大桥和旧金山海湾;起雾的时候,从这里可以看到漂浮在云海中的诸多岛屿。

他们搭建了个简陋的小屋,波纹金属做屋顶,废弃板条箱做墙体。这样的屋子,借用他们邻居的话说,抗震性能就是好:就算在地动山摇中塌了,因为相对较轻,也不会对住在里面的人造成什么伤害。无线数据信号非常强,他们还觅到了一块太阳能电池板和一组带通用电源插口的电池组,可以适应全世界任何一个地方的插头。还有一个雨水收集器,由一块混合纤维布、一个水桶和一个水滴收集器制成，水滴收集器装在塑料瓶里，样子就像倒置的电灯泡里的长丝。因此，虽然只能满足最基本的需求，但生活也不赖，并没有变得很原始，也没有与外界隔绝。

从他们的陋室看出去，云雾生动可感：云动，云聚，云飘，云散，云显示出了水和空气无形的变化。倏忽间的冷、热、湿不再只能靠人的皮肤去感知，还能通过云的大气效应被肉眼看到。在纳迪娅和萨义德看来，他们好像一度住到了大海上，住到了群峰顶上。

为了工作，纳迪娅要步行下山，先穿过一些跟他们一样没有铺设管道和电线的区域，接着穿过架设了电网的区域，然后再穿过有公路和自来水的地方，从那儿赶公交车，或者搭乘小型载货卡车去往工作地点，一家位于索萨利托市[①]外草草修建的商业区里的食品合作社。

马林县非常贫困，尤其是和旧金山耀眼的富足相比。但在马林县，尚存有——至少是间断性地存有——一种不想死的乐观精神。这也许是因为马林县比绝大多数已被其居民抛弃的地方更和平，也许是因为这里位于大陆边缘，可以俯瞰

---

① 马林县内的一个市。

这个世界上最宽广的海洋,也许是因为人种混杂,也许是因为靠近那个像弯曲的大拇指一样延伸至海湾的炫目的科技王国[①],后者随时准备对上马林县的那根弯曲的食指,形成一个有点变形的"OK"手势,表明一切都会好起来。

一天晚上,纳迪娅带回了一个同事送她的一些大麻烟草。往家走的时候,她不知道萨义德会作何反应,这个事实让她心里一惊。在他们出生的那个城市,他们曾经一起愉快地抽烟,然而,打那以后一年过去了,他已经变了。也许她也变了,曾经的理所应当不再是理所应当,这就是他们之间的裂隙所在。

萨义德比原先更忧郁,可以理解,但他也比原先更沉默、更虔诚了。她有时觉得,他的祷告对她来说并非是中立的,说起来,她怀疑里面还有一丝责备的意味,尽管她也说不清楚为什么会有这种感觉,因为他从来没有让她祷告,也从来没有责备她不祷告。可是,他对信仰的投入比以往任何时候都要多,而对她的投入却越发少了。

她打算自己在屋外卷支烟,背着萨义德一个人抽。有这

---

① 指位于旧金山湾区南部的硅谷。

想法,她自己也觉得怪怪的。她心想,她这是自己在给她和他之间设置障碍啊。她不知道这些逐渐扩大的裂隙主要是因为她的所作所为还是他的,但她知道自己对他还心存温柔,所以才把这些烟草带回家来。直到她坐在他身边的椅子上抽烟的时候——这原本是汽车座椅,被他们用东西换回来充当了沙发——她才从自己的紧张中意识到,在这一刻,他对于烟草的反应对她来说具有多么重要的预示意义。

她的腿和胳膊挨着萨义德的腿和胳膊,隔着衣服能感觉到他的温度,从他的坐姿可以看出他十分疲倦。不过,他还是勉强挤出了一个疲惫的微笑。受此鼓励,她打开手掌,亮出手心里的东西,就像在一段短暂的生命时光之前,在她的楼顶上做的一样。这个时候,他看到了那些烟草,惊讶地笑了,一种温和的、闷在胸膛里的笑,几乎没有声音。"太棒了。"他说,那嗓音如同一口缓慢而疲倦地喷出的、带着大麻味道的烟。

萨义德为他们两个卷了烟,纳迪娅好不容易才克制住内心的欢欣,想拥抱他,但又忍住了。他点燃了烟,他们开始抽,肺里像着了火,她首先想到的是,这烟草可比她家乡的大麻强多了,味道简直让她迷醉。她陷入了轻微的妄想,说不出话来。

有一会儿，他们沉默地坐着。外面的气温降下来了，萨义德去拿了条毯子，用毯子把他们俩包起来。然后，谁也没看谁，他们就开始笑，纳迪娅一直笑到哭了出来。

在马林县，几乎没有土著。他们很久以前就死绝了，或者被灭绝了。人们只能偶尔在临时贸易点见到他们——或许他们常来，但衣服、外表和行为已经和其他人很难区分了。在贸易点，他们售卖漂亮的银首饰、软皮衣和彩色织物，其中的不少年长者似乎都有着无限的耐心，以及与之相当的无限的悲伤。故事在这些地方流传，来自四面八方的人们聚在一起聆听故事。土著的传说应和了这个大移民时代，给予听众们所急需的精神支持。

说几乎没有土著并不十分准确，土著只是个相对的概念。很多其他人认为，他们自己就是这个国家的土著。他们的意思是，他们或他们的父辈或他们的祖辈或他们祖辈的祖辈就出生在这片从中北太平洋一直延伸到中北大西洋的条状土地上，他们在这里的存在和发生在他们人生中的物理迁移没有任何关系。在萨义德看来，过于强调本土权利、强烈主张这种立场的人倾向于把自己从那些看起来像是英国人的浅肤色的本地人中区别出来——正如很多英国裔本地人似乎也被这么短的时间内发生在他们家乡的事情惊呆了，有些人看起来同样很愤怒。

第三类土著，是那些被认为是几个世纪前当作奴隶贩卖到这个大陆上来的亚洲人的直系后裔，尽管他们只继承了极其微小的一部分基因。这个阶层的比例并不算大，但却不可小觑，因为社会已经形成对他们的成见，已经出现针对他们的无言暴力。然而这个阶层有韧性，繁殖力强，也许是一片能够整合未来所有移植土地的土壤层。萨义德深受这个阶层的吸引，起因是一个周五，在某礼拜地点，他参加了一次由来自这个传统、叙说这个传统的某人主导的集体祷告，他发现，在他和纳迪娅在马林县住了几个星期之后，此人的话语真有一种抚慰人心的睿智。

布道者是个鳏夫，已故的太太和萨义德是同乡，布道者因而懂一些萨义德的家乡话。他的宗教路数虽然有其创新的地方，但部分教义和萨义德所信奉的有相似之处。布道者不只负责领祷，他主要的工作是照料和庇护他的信徒们，还有教他们说英语。他管理着一个小而有效的志愿者小组，成员都是青年男女，所有人的肤色都和萨义德一样，或者比他更深。很快，萨义德就加入其中。在和他并肩工作的青年男女中，有个女人非常特别。她是布道者的女儿，卷曲的头发梳得高高的,用一块布条系于头顶。就是这个女人,让萨义德竭力避免与之说话,因为他无论何时看到她,都会觉得自己呼吸发紧,觉得自己对不起纳迪娅。不能再去深究了,对他来说,有些东西最好就此打住。

纳迪娅察觉到这个女人的存在,不是如她原先所想的那样来自萨义德的疏远,反而是来自他的热情和主动。萨义德看起来更快乐了,一天结束的时候热衷于和纳迪娅一块儿抽烟,至少共享几口。他们认识到了本地烟草的后劲儿,于是调整了每次抽的量。他们开始无话不说,从旅行到星星到云彩到他们在周边其他棚屋里听到的音乐。她觉得,曾经的萨义德依稀回来了。

她因此希望,她能成为旧日的纳迪娅。然而,她越是享受他们的聊天和彼此之间增进的情感,他们就越少互相碰触,而她已经平息了许久的被他触碰的欲望也没能再次燃起。在纳迪娅看来,她内心的某些东西已经悄悄逝去。她跟他说话,但那些话她自己的耳朵都听不清;她躺在萨义德身边睡过去,却并不渴望他的手或他的嘴——感情被克制,就好像萨义德变成了她的哥哥,尽管她从不曾有过一个哥哥,自己并不确定这个词意味着什么。

不是因为她不再喜欢感官享受，或者说她的情欲已经灭绝，相反，她发现自己很容易被激起欲望，比如上班路上与一个英俊的男人擦身而过的时候，比如想起她初恋的音乐家的时候，比如想到米科诺斯岛上的那个姑娘的时候。有时，萨义德不睡在身边的时候，她耽于自乐。这种时候，她越来越频繁地想起那个姑娘，那个米科诺斯岛上的姑娘，她对自己的强烈反应也不再感到吃惊。

萨义德还是个孩子的时候，出于好奇开始了平生的第一次祷告。他见过母亲和父亲祷告，祷告的行为让他感到了某种神秘感。他母亲过去常在卧室祷告，大概每天一次，碰到重要的宗教圣日，或是家里有人去世或生病，祷告的次数会更多一些。他父亲平常主要在周五祷告，只是偶尔才会在周中祷告。萨义德看着他们准备祷告，看着他们祷告，看着他们祷告完毕后的脸庞，通常来说都是笑盈盈的，如释重负一般，或放松，或满足。他惊奇地想，一个人祈祷时到底发生了什么。他很好奇，特别想亲自尝试一下，所以就在父母还没想到要教他之前就主动要求学习了。在某个炎热的夏天，他的母亲给予了他必要的指导，他就这么开始了祷告。直到去世之前，萨义德时常在祷告时想起母亲，想起父母卧室里淡淡的香味，想起热天里吊扇转动的嗡嗡声。

等到十五六岁时，萨义德的父亲问萨义德，他乐不乐意跟他一起去参加主麻日聚礼。萨义德说乐意。从那以后，每个周五，风雨无阻，萨义德的父亲会开车回家捎上儿子，让萨义德跟他和其他男人一起祷告。对萨义德来说，祷告意味着成为一个男人，成为男人中的一员；祷告也是一种仪式，把他和成年人，和成为某种特定类型的男人联系在一起：一个绅士，一个温和的人，一个能代表群体、信仰、仁慈和正直的人，换言之，一个像他父亲那样的人。当然了，年轻人会为各种各样的事情祈祷，但有些年轻人会为养育他们成长的仁慈之人祈祷，萨义德恰恰是这种类型的年轻人。

到他上大学的时候，萨义德父母祷告得比他小时候那会儿更勤了。也许是因为到那个年纪他们已经失去了很多挚爱之人；也许是因为他们逐渐认识到了自身生命的短暂；也许是因为他们担忧，无论给予其他形式的崇拜多少口惠，他们的儿子还是生活在一个拜金至上的国家里；也许仅仅是因为他们个人与祷告的联系已变得更加深入，更有意义。在那段时间里，萨义德也祷告得非常勤快，至少一天一次。他重视这种训练，重视这个事实，即，祷告就是一个符号，一个他业已做出的承诺，一个需要他去坚守的承诺。

此时，在马林县，萨义德祷告得更勤了，一天数次。从根本上说，他的祷告是一种爱的姿态，为已逝去的、为将逝去的、为无法用其他方式去爱的一切祷告。祷告的时候，他可以触碰到用其他方式已经触碰不到的父母，触碰到这样一种情感：我们大家都是失去父母的孩子，我们所有的人，每个男人、女人、男孩、女孩，同样也会成为爱我们的晚辈心中的失去。正是这种失去联结了人类，联结了每个人类个体，联结了存在的短暂本质，联结了我们共同的悲伤乃至每个人都有、彼此间却不愿承认的那种心痛。正因为如此，萨义德觉得，面对死亡的时候，也许可以相信人类有可能创造一个更美好的世界，所以，他以悲叹的、安慰的、期望的姿态祈祷，但又觉得这一切没法跟纳迪娅说。他不知道怎么跟纳迪娅表述这种祷告之于他的那种神秘感。可是，说出来又是那样的重要，而他却不知怎的能向布道者的女儿表述这种感觉。他们之间第一次像样的交谈是在他工作结束后碰巧参加的一个小型仪式上，他后来发现，这是一个追忆她母亲的仪式。她母亲是萨义德的同乡，每年，在她的祭日，大家都要集体祷告。她的女儿，也就是布道者的女儿，对当时站在旁边的萨义德说，跟我讲讲我母亲的国家吧。萨义德说的时候，无意间谈到了自己的母亲。他说了很长时间，布道者的女儿也说了很长时间。等他们说完了话，夜已经很深了。

萨义德和纳迪娅是忠于对方的，无论他们用什么样的名义定义他们的结合，他们都以各自的方式相信，这一名义要求自己保护另一半。因此两个人都不怎么谈及疏远的问题，因为他们不想给对方造成被弃的恐惧，尽管他们自己也默默感受到了那种恐惧——彼此间的联系断裂，共同创造的世界走到了尽头的恐惧。他们共同经历的世界，没有他人分享，唯有他们共享了一种对他们来说独一无二的亲密语言。他们感到，他们可能要打破的东西也许是独一无二、不可替代的，这也让他们恐惧。不过，他们在马林县共同度过的最初几个月里，虽然这种恐惧如影相随，但比这恐惧更为强烈的却是一种渴望，渴望在放手之前看到对方寻找到更为坚固的立足点。所以，到最后，他们的关系从某种意义上说更像兄妹，其中友谊的成分更多。和很多激情关系不同，他们的感情得以慢慢降温，除了偶尔的发火，并没有发展成激情的反面——怨恨。对于这点，在此后的岁月里，两个人都很庆幸。两个人也都想过，这是否意味着他们犯下了一个错误：如果不这样做，而是等着看他们的关系是否会重新绽放，又会如何？所以，他们的记忆就承担起了潜在的可能性，无尽的怀念也由此产生。

在他们的陋室里,嫉妒确实时有发生,这对不是伴侣的伴侣也吵过架。不过,大多数时候,他们都会给予对方更多的空间。这样的过程持续了很长一段时间。如果说,这里面有悲伤和警觉,那么这里面同样也有解脱,而且解脱感更强烈。

还有一种亲密感。一段关系的结束如同一次死亡。死亡的想法,人生易逝的想法,会提醒我们珍重诸事,对萨义德和纳迪娅来说也不例外。因此,尽管在一起话不多,一起做的事也很少,他们还是会尽可能多地彼此陪伴,尽管不是很经常。

一天晚上,在他们家那一带执行侦察任务的一架小无人机,个头和蜂鸟差不多,失了群,撞到了他们家充当门窗的透明塑料膜上。萨义德捡起那一动不动的彩色小机身,拿去给纳迪娅看。她笑着说,他们应该给它举办一个葬礼。于是,他们就用铲子在它的坠落地掘了一个小坑,用这里的土把无人机埋了起来,然后把这个坟墓封好、压平。纳迪娅问萨义德,打不打算为这死去的小机器祷告,他大笑着说也许会。

有时候,他们喜欢坐在棚屋外面。在那里可以听到新聚居点的所有声响，音乐声，说话声，摩托车的声音，风的声音，像过节一样。他们真想知道马林县以前是什么样子的。人们说这里曾经很美丽，但美丽的方式不同，以前这里很空荡。

那年冬天，时不时会出现春秋时分的暖意，甚至偶尔还会出现夏天般的日子。有一次他们坐着的时候，天气暖和得不用穿毛衣。他们看着太阳光倾斜着从翻滚的云层缝隙中迸射出来，照亮了旧金山和奥克兰①的一部分地区，以及原本阴暗的海湾。

"那是什么？"纳迪娅问萨义德，手指了指一个平坦的几何形状的地区。

"他们叫它金银岛②。"萨义德说。

她笑了。"多有趣的名字。"

"是啊。"

"它后面的那个才应该叫金银岛。看起来更神秘。"

萨义德点点头。"还有那座桥，应该叫金银桥。"

附近有人在用篝火做饭，在旁边一排棚屋的后面。他们可以看见一缕烟火，闻得到味道。不是肉。也许是烤红薯。

---

① 美国加利福尼亚州西部港口城市。
② 旧金山湾里位于旧金山和奥克兰之间的人工岛，为旧金山的一个新兴社区。

也许是大蕉①。

萨义德犹豫了一下,然后拉过了纳迪娅的手。他的手掌包住了她的关节。她弯起手指,把他的指尖也弯起来与她十指相交。她想,她感觉到了他的脉搏。他们就那样坐了很久。

"我饿了。"她说。

"我也饿了。"

她差点去亲吻他毛茸茸的脸颊。"嗯,山下的某个地方有这个世界上人人都想吃的东西。"

南边不远的地方,帕罗奥图镇②里,住着一位老妇人。她在同一座房子里住了一辈子。出生的时候,她被父母带进了这所房子。十几岁的时候,她母亲在这里过世。二十几岁的时候,她父亲也在这里过世了。她的丈夫住了进来,两个孩子在这所房子里长大。离婚后,她独自和孩子们住在这里。后来,她和第二任丈夫、孩子们的继父住在这里。再后来,孩子们离家去读大学,不再回来。两年前,她的第二任丈夫也死了。整个过程里,她从来没有搬过家,出去旅行过,但没有搬过家。然而,整个世界似乎都在搬家。她简直认不出

---

① 一种可供烹饪的人工培育的香蕉品种。
② 斯坦福大学所在地,硅谷的历史在这里发源,一度地价疯长。

家外面的这个镇子了。

老妇人成了报上的富人,她的房子现在值一大笔钱。孩子们总劝她卖了,说她不需要那么大的地方。但她告诉他们耐心点,她死了房子就是他们的了,时间也不会很长。她和声细语地说这些话,其实说得很不客气。这些话提醒他们,他们都是为了钱,为了花不属于他们的钱。她从来不会这么做,她总是存着钱,以防不时之需,哪怕只是一点点。

她的一个孙女在附近一所名校上学。在老妇人有生之年里,这所学校从一所本地不知名的学校变成了世界闻名的大学。孙女常来看她,一般一周一次,她是老妇人的后代中唯一来看她的人。老妇人很喜欢她,但有时候她也让她困惑:看着她的孙女,她想,要是她在中国出生,应该也是长成这副模样。因为这孙女有些地方长得像老妇人,但对于老妇人来说,她整体上多多少少像个中国人,多的成分还大一些。

通往老妇人家的那条街有一个上坡。小的时候,老妇人经常推着自行车爬到坡上,然后再骑上车,不踩刹车地原路溜下去。那个年代,自行车都很重,推上坡很累,尤其是人小车子大的时候。她当时才十岁,车子对她来说真是太大了。那时,她很喜欢看自己在不刹车的情况下到底能溜多远。穿过路口的时候,她会准备好刹车,但也没有过度防备,因为那时路上车子很少，至少在她的记忆里是这样的。

她总是在房子后面长满水草的池塘里钓鲫鱼，她孙女管那叫金鱼。她几乎知道她那条街上每个人的名字，大多数人已经在那里住了很久了。他们都是老加州人，祖祖辈辈都住在加州。不过，随着时间的推移，这里的人变化得越来越快，现在她几乎不认识什么人了，也看不出有什么费力去认识的必要。人们就像买卖股票一样买卖房屋，每年都有人搬进搬出。如今，所有这些不知哪来的门敞开着，四周都是形形色色的陌生人。人们看起来比她更自在，甚至包括半句英语都不会说的流浪汉，或许是因为他们年轻，所以更自在。每当她出门去的时候，就像是她也移民了。人人都是移民，即便我们一辈子都住在同一座房子里，因为我们对此无能为力。

我们都是时光造就的移民。

十一

全世界的人都在从他们的原生地溜走,从曾经肥沃如今渐次干涸的平原,从潮涌下奄奄一息的渔村,从拥挤的城市和残酷的战场,也从其他人身边溜走。有时是从他们曾经爱过的人身边溜走,就像纳迪娅从萨义德身边溜走,萨义德从纳迪娅身边溜走。

最先提出要搬出棚屋的是纳迪娅。随口说出这话的时候,她正抽着烟,一小口一小口细细地呷着,含在肺里,只是她说出来的想法已经弥漫在空气中。萨义德什么都没有回答,他只是吸了一口烟,紧紧含着,随后慢慢吐出烟圈,和她的烟圈重合在一起。早晨,她醒来的时候,他看着她,拨开她脸上的头发,他有好几个月没有这么做了。他说,如果一定要有个人离开这个他们共同打造的家，那个人一定是他。然而，说这话的时候，他觉得自己像在演戏，若说不是在演戏，那就是他太困惑了，没法评估自己的真诚。他的确这么想，走的那一个应该是他，因为他亲近了布道者的女儿，应该为此做出补偿。因此，不是他的话让他觉得自己像在演戏，而是他抚摸纳迪娅头发的动作，那一刻他觉得，他也许再也不会得到许可去抚摸纳迪娅的头发了。对于这种身体上的亲密接触，纳迪娅也觉得既舒服又不舒服。她于是说，不必了，如果有一个人离开，她想成为离开的那一个。她同样察觉到自己话里的不真诚，因为她晓得，这事没有如果，只是时间问题，而且这个时间很快就要到来了。

他们之间的关系已经出现毁坏的苗头，每个人都意识到此时分手最好，趁着事情还没有完全变坏。不过，还没有等他们再次讨论这件事，日子就一天天过去了。等他们讨论时，纳迪娅已经把东西收拾进背包和小包里了，所以他们没有如原先所想的那样讨论她的离开，而是顾左右而言他地说起了对随后可能发生的事情的担忧。当萨义德坚持要帮她背包的时候，她坚持说他不必如此。他们没有拥抱也没有亲吻，只是站在曾经属于他们两人的小屋门口看着对方。他们也没有握手，只是彼此看着，看了很久很久。任何动作仿佛都是不合适的，在沉默中，纳迪娅扭头走进了蒙蒙细雨中，她的素脸是湿漉漉的，活生生的。

纳迪娅工作的食品合作社有空房间，就在后面库房的楼上。房间里有简易折叠床，合作社里表现好的工人可以用。住多久似乎没有限期，只要居住者的同事认为其居住需要是正当的，并且此人额外工作的时间足以抵扣住在这里的费用。虽然这样的实践似乎违反了某些条例，但规章制度已不太有效，即便这里靠近索萨利托市。

纳迪娅知道有人住在社里，但她不知道政策是怎么执行的，也没有人告诉她。尽管她是个女人，合作社的经营者和员工构成也多是女人，但她的黑袍令很多人心生反感，觉得那是自我封闭，总而言之有种模糊的威胁意味，所以鲜有几个同事真正地接近过她。直到有一天，当她在收银台前工作的时候，某个浅肤色的文过身的男子走了进来，把一把枪放在柜台上冲着她说："你他妈的觉得怎么样？"

纳迪娅不知道说什么好，所以就什么也不说。她没有用挑衅的目光回应他的凝视，也没有挪开视线。她的眼睛盯着他下巴周边的一小块地方。他们就这样站着，沉默着，站了一会儿，那男人又重复了一下他的话，第二次有那么点底气不足。随后他就走了，既没有打劫这家食品合作社，也没有朝纳迪娅开枪，只是在离开的时候收起枪，骂骂咧咧地朝一大袋苹果踢了一脚。

不知道是不是因为她面对危险时的那种无畏给他们留下了深刻印象，也不知道是不是因为他们重新调整了到底是谁在威胁谁的感受，或者只是因为他们现在有了谈资，反正她班上的好几个人从那以后便开始同她说话了。她觉得她慢慢变得有归属感了。当有人告诉她，如果家里有人压迫她，或者——另一人飞快地补充道——就是想改变一下环境，她可以选择住在社里的时候，纳迪娅一下子意识到了这种可能性，就好像一扇门打开了，此时，这扇门化身成了一个房间。

纳迪娅和萨义德分手后正是搬进了这个房间。房间里闻起来有土豆、百里香和薄荷的味道，小床也散发着一些有人睡过的味道，即便如此，其卫生状况还是能够接受的。虽然没有唱机，没有多少装饰的余地，而且房间继续作为储藏间使用，但这里却让纳迪娅想起她出生的城市里的那个公寓，她一度喜欢的地方，让她想起同样是独居在那里的日子。虽然第一个晚上她完全没有睡着，第二个晚上睡得断断续续，但随着时间过去，她睡得越来越好，这间屋子让她有了家的感觉。

那些日子，马林县周边地区似乎从一种深深的集体低迷中苏醒了过来。有人说，消沉源于无力想象一个值得拥有的可期的未来。如今，不仅仅在马林县，在整个地区，整个湾区，乃至其他很多或远或近的地方，世界末日似乎到来了，但终究不是世界末日。也就是说，虽然这些变化是剧烈的，但它们并非终结，生活还在继续，人们找到了事做，找到了存在方式，找到了他人陪伴。值得拥有的可期的未来开始出现，原先不可想象，现在则并非不可想象，于是变成了一种类似于安慰的存在。

确实，创新浪潮在这个地区兴盛，尤其是在音乐领域。有些人称其为新爵士乐时代。漫步在马林县周边时，你可以看到各种各样的结合，人和人，人和电子，深皮肤和浅皮肤，闪亮金属和亚光塑料，计算机制作的音乐和非插电音乐，甚至有人戴着面具，还有人完全不现身。不同风格的音乐聚集起不同类型的人群，这些人群以前压根儿不存在，事情总是如此。就是在这样的聚会中，纳迪娅看到了合作社里的厨师长，一个胳膊强壮有力的帅气女人。这女人看到纳迪娅，冲她点点头表示认识。过了一会儿，她们站到了一起，彼此挨着说起了话。话不是很多，只是在两首歌之间的间歇说。不过，当一组节目结束时，她们并没有离开，而是继续听下去，在随后的节目中继续说话。

厨师有一双看上去仿佛不属于人类的蓝眼睛,或者说纳迪娅先前不曾想过,那样一种蓝会是人眼的颜色。当厨师看向别处的时候,她眼睛的颜色看起来淡得好像盲了一样。然而,当它们看你的时候,无疑它们是看到了,因为这女人的凝视是那么有力量,当她观察你的时候,她的目光会像某种物理力量一样击中你。被她看着时,纳迪娅感觉到某种兴奋,于是就反过来回看了她。

厨师是个烹饪专家,当然。在随后的几个星期和几个月里,她给纳迪娅介绍了各种各样的传统菜肴,还有刚诞生的新菜品,因为全世界很多地方的菜品都在马林县汇集,在这里得到改良。这地方真是吃货的天堂,加之限量的食物供应意味着你总是处于微饿状态,所以人们随时准备品尝能吃到的东西。在同厨师相处的日子里,纳迪娅对于吃的兴趣空前高涨。厨师有点让她想起牛仔,当她们做爱的时候,厨师双手平稳,眼神坚定,嘴唇虽然不常亲吻,但吻技相当不错。

萨义德和布道者的女儿同样走得很近,当然,免不了有一些来自其他人的阻力。萨义德的祖先没有经历过这片大陆上的奴隶制及其遗祸,但布道者特有的宗教影响削弱了这种阻力。随着时间的流逝,同伴之间的友情也抵消了这种阻力。萨义德和志愿者伙伴们并肩工作,加上布道者曾经娶的女人是萨义德的同乡,布道者的女儿也是萨义德老家的女人所生的孩子,所以这一对的亲密关系即便在某些住户里引起了不安,也在尚能接受的范围内。对于这一对自己来说,他们的亲密既带有一丝异国的火花,也带有一种熟悉的惬意,就像很多亲密关系一开始时那样。

早上去工作的时候,萨义德就会去找她。两个人说说话,瞥一眼,笑一笑,她也许会碰碰他的胳膊肘。中午两人会坐在一起吃大锅饭。晚上工作结束后,他们会沿着自然形成的上下起伏的路和街,在马林县漫步。有一次,路过萨义德的棚屋,他跟她说那屋子曾是他的家。第二次路过的时候,她要求进去看看,于是他们就进去了,并且关上了身后的塑料遮挡。

在萨义德身上,布道者的女儿发现了一种特别吸引她的面对信仰的态度。她发现,他凝视宇宙的眼神、他谈论星辰和世人的方式,那样阔大,那样性感,同样如此的还有他的抚摸。她喜欢他脸上的棱角,它总让她想起母亲和自己的童年。萨义德发现,跟她说话非常轻松,不仅仅因为她听得认真说得到位——她确实如此——还因为她激发出了他想听想说的欲望。从一开始，他就发现她非常迷人，乃至看她一眼都很困难。虽然没对她说，甚至自己也不敢想，但在很多方面，她也神似纳迪娅。

布道者的女儿是本地公投运动的领导人之一。该运动谋求通过投票建立一个湾区的地区议会，其成员选举遵循一人一票原则，无论出身来源。议会如何和其他现存政府组织共存尚未确定。也许初期它只能作为一种道德权威存在，但这种权威可能是实质性的，因为它不像其他组织，其中只有一些够资格的人才能行使选举权。这个新议会代表所有人的意愿，且在那种意愿面前，人们希望，更大的公正不会被轻易否决。

一天，她给萨义德看了个小装置。在他看来，那东西就像个顶针。她很高兴，他问为什么，她说这东西是公投的关键。它能辨别不同的人，确保他们只投一次票。目前，这东西正在大量生产，成本小得可以忽略不计。他把它放在手掌上，惊讶地发现它简直比羽毛还轻。

纳迪娅离开他们的棚屋的时候，她和萨义德在当天余下的时间里没有联系，第二天也没有联系。自离开出生地的城市后，这是他们之间停止接触最久的一次。分手的第二天晚上，萨义德打了个电话给她，他想问她好不好，是不是安然无恙，同时也想听听她的声音，但那声音既熟悉又陌生。说话的时候，他想见她，不过忍住了。他们没有安排见面就把电话挂了。随后的一天，她给他打了电话，同样时间不长。再往后，大多数日子里，他们只是发发短信，或者在电话里说说话。第一个周末，他们各自分开度过了。第二个周末，他们同意一起到海边散散步。他们走向风声和海浪声，走入了飞溅的泡沫的嘶嘶声。

此后的那个周末，他们又碰了面，一起散了步。再下个周末依然如此。相见之中有一种悲伤，因为他们都想念着对方。在这个新地方，他们是孤独的，多少有点漂泊无依的感觉。有时在碰面结束后，纳迪娅会觉得自己的内心在撕裂，萨义德有时候也会有这样的感觉。两个人都极其渴望某种身体姿态把他们重新联结在一起，但是，两个人最终都克制住了。

由于其他事情占据的时间越来越多，每周例行的散步就此被打断，正如诸如此类的联系终将如此。纳迪娅的时间被厨师占据，萨义德的时间被布道者的女儿占据，还有其他新认识的人。虽然第一个没能一起散步的周末他们两个都明显注意到了，但第二个周末就没怎么注意，第三个周末几乎毫无察觉。不久，他们就变成一个月左右见上一面，相隔好几天才会发个短信或打个电话。

从冬天到春天,他们就这么有一搭没一搭地淡了下去——虽然马林县的季节有时似乎只能在一天中持续那么一小会儿,刚脱了夹克或穿上毛衣,天气就变了——然后又这么有一搭没一搭地从一个温暖的春天过渡到了凉爽的夏天。两个人都不太喜欢在线上无意中瞥见前任的新生活,所以便在社交网络上彼此疏远了。虽然他们想要留意对方,关注对方的动向,但保持联系也会给他们带来痛苦,就像一种令人心神不宁的提醒,提醒他们曾放弃的一种生活。他们变得越来越少牵挂对方,越来越不在意对方的快乐是否需要自己。终于,互不联系的一个月过去了,然后是一年,然后是一生。

在马拉喀什①郊外的山上,可以俯瞰那座富丽堂皇的大宅的地方——宅子的男主人曾经可能被称作王子,女主人可能被称作外国人——有一个哑巴女仆住在人口越来越少的村子里。或许是因为不会说话,所以离开于她而言是不可想象的。她在山下的大宅里工作。现在,大宅里的仆人相比一年前已经少了很多,相比两年前就更少了。他们不是逃走了就

---

①摩洛哥西南部城市,历史上曾是摩洛哥的首都,如今是该国重要的历史老城和文化艺术中心。

是搬家了，但这个女仆没有走。每天早晨，她坐着公交车去上班，靠她的这点薪水过日子。

女仆年纪并不大，但丈夫和女儿都离开了她。丈夫在他们婚后不久去了欧洲，再没有回来过，后来也不给她寄钱了。女仆的母亲曾说，这是因为她不会说话，因为她给了他肉体的甜头，而这甜头他婚前未曾尝过，所以她把他变成了一个男人，她也注定把自己变成了一个失去保护的女人。不过，她的母亲一向苛刻，女仆自己倒并不觉得这笔买卖有什么吃亏的，毕竟丈夫给了她一个女儿。在她的人生旅程中，女儿给了她陪伴，虽然女儿也穿过门离开了，但还会回来看看她。每次女儿回来都让女仆跟她走，女仆每次都说不。她对事物的脆弱性颇有感知，自觉是一株生长在干燥多风地带岩石间的一小块土壤里的植物，这个世界并不需要她。在这里，至少还有人认识她，至少还有人容忍她。这已经是一种福气了。

女仆已经到了男人不再看她的年纪。她曾在还是个小姑娘的年岁就有了一个女人的身体，因为出嫁得太早，生养孩子使她的身体变得更加成熟。男人们会停下来看她，不是看她的脸，而是看她的身体，她经常会被那些注视吓到，一部分原因在于它们的危险性，一部分原因在于她知道当她是哑巴的真相暴露后它们会有怎样的变化，所以现在不再被人注视基本上算是一种安慰。基本上，几乎完全是，但也并非完全是，因为生活并没有给予女仆任何奢侈的虚荣空间，但即便如此，她也是个人。

女仆不知道自己的年龄。不过，她知道她比为其服务的那家大宅的女主人年轻，虽然女主人的头发还是乌黑的，身姿还是笔挺的，衣服还是特意剪裁成诱惑人的款式。在女仆为女主人工作的这么多年里，女主人似乎一点也没有变老。从远处看，别人会把她误认为一个非常年轻的女人。相反，女仆的年纪看上去似乎比实际年龄大上一倍，也许她们两个人的年龄都增加到了她身上，好像她的职业就是变老，就是用岁月的戏法兑换钞票和食物。

在萨义德和纳迪娅分居的那个夏天，女仆的女儿到了那个几乎空无一人的村子来看她。在向晚的天空下，她们喝了咖啡。看着南方升起的红尘，女儿再次请求母亲跟她一道走。

女仆看着女儿。她看着她，就好像捕捉到了她最美好的样子，也捕捉到了她丈夫最美好的样子。从女儿身上，她看到了他的影子，也看到了她母亲的影子。她母亲的声音从女儿嘴里发了出来，低沉而有力，却不是说着她母亲的话，因为女儿的话快速、机智又新鲜，完全不像她母亲的话。女仆把手放在女儿手上，又拉起她的手，拉到自己的唇边亲吻。

有那么一阵,她的嘴唇紧紧贴在了孩子的皮肤上,甚至当她放下孩子的手时仍贴着,以致嘴唇都变了形。女仆微笑着摇了摇头。

有一天她可能会走的,她想。

但不是今天。

十二

半个世纪后,纳迪娅第一次重回了她出生的那个城市,她年轻时代在此目睹的战火早已熄止,城市的生命比人的生命更加持久,遵循着更加温和的循环。这座她置身其中的城市既不是天堂也不是地狱,既是熟悉的又是陌生的。正当她慢慢地四处游荡时,有人告诉她萨义德在附近,她一动不动地站在原地思考了许久,然后联系了他。他们决定见个面。

他们在她以前的住处附近的一家咖啡馆里见了面。老房子还在,虽然附近的绝大多数建筑都变了样。他们坐在一张露天小方桌相邻的两侧,互相看着,带着同情,因为时间做了时间该做的,但他们也依然能认出彼此。他们看着这座城市的年轻人路过,对曾经的糟糕往事,他们想必都没有概念了吧，除非在历史中学习到。或许事情本该如此。他们呷着咖啡说起了话。

他们的交谈为犹如两人生命中的一次航行，其中关键的细节或被突出或被排除；又像一次舞蹈，因为他们曾经是恋人，因为他们在无力找到共同节奏的时候并没有很深地伤害彼此，所以，随着杯子里的咖啡慢慢被消灭掉，他们变得更加年轻更加戏谑了。纳迪娅说，想象一下如果当初我同意嫁给你的话会是一种多么不同的生活，萨义德说，想象一下如果当初我同意和你做爱的话会是一种多么不同的生活，纳迪娅说我们做过爱啊，萨义德想了想说是的我想我们是做过爱的。

在他们的头顶，明亮的卫星正运转在夜幕降临的天空中，几只老鹰正要归巢休息，从他们身边经过的路人，谁也没有停下来看看这个穿黑袍的老女人和这个留短须的老男人。

他们喝完了咖啡。纳迪娅问萨义德有没有去过智利的沙漠看星星，那些星星是否是他想象中的样子。他点点头，说如果她某个晚上有空的话他可以带她去，那真是值得此生去看的风景。她闭上眼睛说她非常乐意，于是他们站起身来，拥抱了一下，分手了，不知道那个夜晚会不会来临。

图书在版编目（CIP）数据

末日迁徙／（英）莫欣·哈米德著；匡咏梅译．——海口：南海出版公司，2019.10
ISBN 978-7-5442-8003-7

Ⅰ．①末… Ⅱ．①莫… ②匡… Ⅲ．①长篇小说－英国－现代 Ⅳ．① I561.45

中国版本图书馆CIP数据核字（2019）第114132号

著作权合同登记号　图字：30-2019-103

EXIT WEST by Mohsin Hamid
Copyright © 2017 by Mohsin Hamid
arranged with Andrew Nurnberg Associates International Limited.
All rights reserved.

末日迁徙

〔英〕莫欣·哈米德 著
匡咏梅 译

出　版	南海出版公司　（0898）66568511	
	海口市海秀中路51号星华大厦五楼　邮编 570206	
发　行	新经典发行有限公司	
	电话（010）68423599　邮箱 editor@readinglife.com	
经　销	新华书店	
责任编辑	黄宁群	
特邀编辑	白　雪　第五婷婷	
装帧设计	李照祥	
内文制作	王春雪	
印　刷	北京天宇万达印刷有限公司	
开　本	850毫米×1092毫米　1/32	
印　张	6	
字　数	92千	
版　次	2019年10月第1版	
印　次	2019年10月第1次印刷	
书　号	ISBN 978-7-5442-8003-7	
定　价	49.00元	

版权所有，侵权必究
如有印装质量问题，请发邮件至zhiliang@readinglife.com